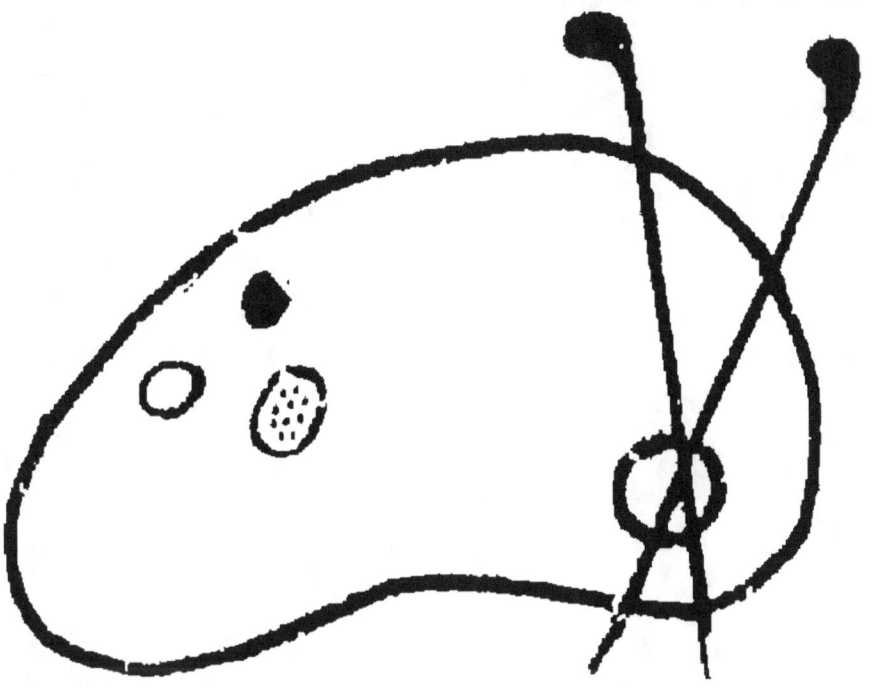

Couvertures supérieure et inférieure
en couleur

Z

PIERRE DUPONT

8/60

JEUNES ÉTUDES LITTÉRAIRES

PAR

PIERRE DUPONT

PROSE ET VERS

ÉDITION ILLUSTRÉE PAR ÉTIENNE BOCOURT.

PARIS

J. BRY AÎNÉ, ÉDITEUR

27, RUE GUÉNÉGAUD, 27

—

1854

8 francs par **AN**
Pour Paris, la Banlieue et les
Departements.

UN NUMÉRO **35** CENTIMES

8 francs par **AN**
Le port se paie en sus pour les
pays sans échange postal.

JEAN RAISIN

REVUE

JOYEUSE ET VINICOLE

POUR L'USAGE ET RÉCRÉATION DES VIGNERONS, SOMMELIERS, BOUTEILLERS,
BOUCHONNIERS, TONNELIERS, FENDEURS DE MERRAIN,
ET TOUS AUTRES TRAVAILLEURS VIVANT DE LA VIGNE, PAR LA VIGNE ET
POUR LA VIGNE, Y COMPRIS MM. LES MARCHANDS DE VINS
DE GROS ET DE DÉTAIL

sous la direction de

GUSTAVE MATHIEU.

ON S'ABONNE A PARIS

Chez J. BRY aîné, éditeur, 27, rue Guénégaud

ET CHEZ TOUS LES LIBRAIRES DE FRANCE ET DE L'ÉTRANGER.

A TOUS LES AYANT-SOIF, SALUT!

Phalange altérée et immortelle des siffleurs et des buvant-sec, gros, grands ou petits, gras ou maigres, gueux ou riches, chauves ou chevelus, ne vivant que pour boire et ne buvant que pour ne pas mourir ; race très illustre, très joyeuse et très magnifique, dont la gorge rabelaisienne ne se mouille que pour sécher, ne se sèche que pour se remouiller, et ne respire que pour le bien-être de son prochain et l'éternel arrosement de ses boyaux, prête-moi tes ouïes pour bien écouter ce que je vais te dire ; Minerve elle-même va sortir de ma bouche, comme le glouglou d'un vin généreux sort du goulot de la bouteille.

« Consommateurs intelligents, et vous aussi débitants de gros et de détail (ceux-là, bien en-
» tendu, qui n'ont jamais frelaté le sang très précieux de la vigne), c'est à vous que je m'adresse,
» et je vous fais savoir ce jour d'hui 10e jour d'octobre 1854, an 1er de *Jean Raisin*, que, jusqu'à
» présent, de façon directe ou indirecte, nul organe autre que celui des impôts ne s'est encore
» occupé de vos très chers intérêts.

» J'ai donc pensé à combler ce vide (*natura abhorret vacuum*), et je viens ici, c je vous appelle,
» et je vous invite à vous serrer autour de moi pour m'aider à fonder une petite revue à bon mar-
» ché, et paraissant deux fois par mois, sous le titre : JEAN RAISIN, revue joyeuse et vinicole,
» pour l'usage et récréation des vignerons, sommeliers, bouteillers, tonneliers, fendeurs de
» merrain, et tous autres travailleurs vivant de la vigne, par la vigne et pour la vigne. »

Nous aurons pour collaborateurs les auteurs vieux et nouveaux. Les vieux seront les vrais vieux de la vieille ; les nouveaux, tous ceux qui, sachant tenir une plume, sont disposés à marcher dans la voie de l'utile et du joyeux.

Le côté joyeux sera représenté par mille et mille petites farces : histoire de baguenauder, bati-foler, rigoler, gaudrioler, manière de s'esbaudir pour passer le temps, comme font les enfants en courant à travers champs après les mouches et les papillons, pourchassant les oies et les dindons à coups de pierres, les cochons à coups de trique ; mettant une prise de tabac sur le dos d'un gros crapaud, pour le voir enfler à vue d'œil ; tantôt prenant des grenouilles dans les mares vertes, avec un morceau d'écarlate au bout d'une ligne ; tantôt jouant à saute-mouton, à la paume, aux barres, à colin-maillard, à la main-chaude, et autres jeux qui forment le corps et l'esprit.

Quant à l'utile, nous traiterons de tout ce qui concerne la vigne : son origine, sa culture, les variétés de vigne cultivées en France, ses différentes maladies, les meilleurs remèdes ; — la fabri-cation du vin, sa conservation, ses diverses altérations, les falsifications. — Nous donnerons le ta-bleau des principaux vins de France et de l'étranger. — Remontant vers les temps les plus reculés, nous nous occuperons de la vigne et du vin chez les anciens. — Nous dirons l'action du vin sur l'économie de l'homme. — Nous parlerons dans des articles spéciaux de la dégustation et du choix des vins ; des caves, des dispositions qui constituent une bonne cave ; des tonneaux : manière de les préparer et de les conserver, de les enrayer ; du remplissage, du soutirage, du soufrage, du collage, du degré de maturité que les vins ont dû acquérir dans les tonneaux, de la limpidité au moment du tirage en bouteilles, du temps le plus convenable pour le faire ; puis des bouteilles, du choix des bouchons ; de toutes choses enfin concernant la vigne et le vin.

Maintenant, voici venir le quart d'heure de Rabelais .... Passons au prix ou chiffre de l'abonne-ment. A 8 francs bon an, mal an !.....

Mais par ce temps de disette et d'absence complète de vin, je vois déjà le buveur abonné tour-ner la tête du mauvais côté, et rejeter ce chiffre trop élevé, comme il le ferait d'un vin sur et nau-séabond. C'est ici que commence le rôle de l'éditeur : attention ! Je vais prouver que, tout en veillant aux intérêts propres de l'entreprise, j'ai également pensé à sauvegarder ceux des abonnés, puisque, après en avoir délibéré en grand conseil en ma librairie, il a été arrêté ce qui suit :

Les abonnés de la première année seront considérés comme fondateurs de la revue de *Jean Raisin*, et pourront, à ce titre, se présenter, 27, rue Guénégaud, où il leur sera délivré, contre leur quittance de 8 francs, pour 4 francs de librairie (voir le catalogue), à leur choix. Qui de 8 ôte 4 reste 4 francs : contre lesquels 4 francs ils recevront annuellement vingt-quatre numéros contenant chacun une magnifique illustration, par Gustave Doré. Les chiffres sont les vrais orateurs. Comptez sur vos doigts : à ce compte y trouvez-vous le vôtre! Alors, en avant! et vite! vite! vite! — Au 15 octobre le 1ᵉʳ numéro. — Sur ce, le coude en l'air! le corps en arrière. choquons bravement nos verres! — Salut, et à bientôt !　*Signé :* JEAN RAISIN.

Contresigné : PIERRE BRY.

CATALOGUE

ON S'ABONNE

A PARIS :

Au Bureau du Journal, rue Guénégaud, 27 ; chez Martinon, libraire, rue de Grenelle-Saint-Honoré, 14 ; et chez Nollat, libraire, passage du Commerce.

A LYON :

Chez Ballay et Conchon, libraires, quai de Retz, 13.

A BRUXELLES :

A la Librairie encyclopédique de Périchon.

Paris. — Imprimerie Walder, rue Bonaparte, 44.

AUX LECTEURS

Avec l'éducation vague que l'on donne aujourd'hui, un jeune homme, au sortir des études, est embarrassé sur le choix d'un état, et, n'ayant pas de but immédiat dans la vie, il oscille d'un rêve à l'autre jusqu'à ce qu'il ait trouvé l'équilibre et formulé son individualité. Que de tâtonnements ! que d'essais et de chutes ! L'apprentissage de la vie sociale, on pourrait dire de la vie réelle, est une école dure où la nécessité sert de maître quand les éducateurs ont fait défaut. S'imagine-t-on bien ce qu'il faut de courage, de patience, de persévérance pour suivre la carrière des arts ou des lettres à Paris, quand on y arrive de sa province n'ayant d'autre bonne fée que sa belle étoile ? Par quels aboiements à la lune prélude-t-on à formuler des chants plus clairs ? par quels crayons et barbouillages, à une peinture plus nette et plus ferme ? par quels bégaiements, à l'affirmation de soi-même ? par quelles angoisses et par quel doute à la fois, par quelles ténèbres, à ce rayon de lumière que nous prenons pour la vérité et qui en est à peine un reflet ?

Doit-on livrer au lecteur ses premiers essais ? C'est une question délicate ; un auteur est bien osé de se la poser en apparence, quand il la résout par l'affirmative en publiant ses ébauches.

Il se noircit tant de papier de nos jours, et la justice du temps est si vite faite, qu'on ne doit pas se montrer trop scrupuleux à cet endroit, et il est de mode aujourd'hui d'apporter toutes les pièces du procès pour se faire juger en connaissance de cause.

Est-on fondé, quand on atteint l'âge mûr, à dédaigner son passé plus naïf ? Est-on sûr, si l'on arrive à la vieillesse, de n'avoir pas alors à censurer sévèrement son âge mûr ? J'avouerai une faiblesse de père. Quand je relis ces lignes qui me laissent voir, au travers de mes souvenirs les plus doux, les fantômes légers de mes illusions, je me demande : N'était-ce pas la poésie ? Quoi ! ces filles d'un souffle, ces figures vaporeuses et à peine dessinées, ces audaces romantiques, cette correction classique ou d'écolier, ces légères estompes venues après la poésie à grandes images de la pre-

Paris. — Imprimerie Walder, rue Bonaparte, 44.

mière moitié du siècle, ne sont-elles pas comme les derniers nuages qui flottent à l'horizon après un soleil couchant? Comme tant d'autres vers perdus qui ont été étouffés par une critique chinoise, ceux-ci marquent la transition entre l'époque des beaux rêves, des chants crépusculaires, des hymnes prophétiques, et la poésie de l'avenir qui sera une œuvre de reconstruction solide, où le réel et l'idéal ne feront qu'un, comme du cuivre et de l'étain on fait le bronze.

Tout cela n'a-t-il pas son charme? faisons-nous mieux en mûrissant? sommes-nous plus sincèrement et plus follement amoureux?

Il y aurait beaucoup à répondre mais chaque lambeau de ces pages, chaque rime de ces vers en dira plus à qui saura lire et entendre que tout ce que je pourrais expliquer et commenter en prose.

Voyez-vous cette âme inexpérimentée, aimante, et blessée à chaque pas, lutter contre l'impossible, dédaignant le corps comme une guenille et le réel comme un cauchemar? Croyez-vous que ce personnage tienne bien sur ses pieds? Non... il dort, il rêve, il cherche : quoi? Ce que cherche la moitié du monde, ce que le travail, le devoir et l'amour de ses semblables peuvent seuls donner : la paix de l'âme.

Pourquoi est-elle si agitée, cette âme jeune et insouciante? Comme nous l'avons dit en commençant, parce que son but n'est pas droit devant elle et qu'elle papillonne d'instinct sur toutes les fleurs du sentier au lieu de marcher résolûment au terme.

A chaque méprise on se redresse, à chaque déception on réfléchit. Ce n'est point cela, point cela, point encore cela. Jusqu'à ce que Saul, frappé d'un éclair sur le chemin de Damas, se relève comme

aveuglé sur tout ce qui l'avait séduit et ne songe plus qu'à la poursuite du beau, du bon et du vrai. Cette recherche dans l'amour vous amène au simple, et le goût du simple, c'est le goût du travail, la préférence pour ceux qui se lèvent matin, agissent, produisent, font circuler la vie, remplissent le but de la création. On ne hait pas pour cela ceux qui sommeillent et vivent inactifs comme s'ils étaient morts, mais on les plaint et on désire qu'ils se réveillent, qu'ils n'attendent pas, pour sortir de leur torpeur, la trompette du jugement dernier.

Beaux rêves! Non; ils deviennent pratiques, sans se refuser aux jouissances pures et au plaisir que donnent les fleurs; de plus en plus, notre siècle demande des fruits; espérons qu'il en aura. En attendant, que le lecteur ou la lectrice errent avec ces feuillets à la main, ou sous les arbres jaunis par l'automne, ou dans les prés reverdis au prochain printemps, que ces rimes les assoupissent au coin de l'âtre ou sur l'oreiller, il ne restera, j'espère, dans leur âme qu'un bon désir! L'amour dont je parle, que je rêve, et que je m'efforce d'inspirer, n'est autre que le germe de la vie déposé en nous pour mûrir à son heure et se reproduire indéfiniment, à de telles puissances qu'on ne saurait les calculer. Il a sa loi qu'il ne faut jamais enfreindre, et il tend au souverain bien qui est l'amour même.

Ceci est de la métaphysique, facilement comprise de tous ceux qui suivent l'élan de leur cœur et résistent aux obstacles du mal. Selon moi, les poëtes n'ont point perdu leurs rimes et on ne saurait leur faire de graves reproches sur la prosodie et la grammaire quand ils réalisent le but divin :

FAIRE AIMER.

PIERRE DUPONT.

HONORIOT

ou

LE CAPITALISTE.

Il y avait grand dîner chez M. Honoriot : on ne l'appelait pas encore Honoriot tout court ; ce n'était pas encore le capitaliste célèbre que nous connaissons tous, mais déjà sa signature était d'un grand poids sur la place et il commençait à marcher de pair avec nos premières maisons de banque. Son hôtel n'attenait pas à son comptoir : c'était une petite villa masquée et isolée par de hautes murailles au sein même du faubourg Poissonnière. Il avait un bois, un pré, un ruisseau et un lac factices, mais en revanche une véritable serre, une véritable volière, et une collection d'objets d'art d'autant plus rare que ses habitudes d'isolement en interdisaient la vue non-seulement à ce qu'on appelle le public, mais encore à ce second public fort grouillant et souvent fort peu connaisseur qui s'intitule *amateur*, voire même *artiste*.

M. Honoriot était riche · pour lui premièrement ; secondement pour sa fille unique : c'était encore luimême ; troisièmement pour sa femme, et encore lui tenait-il la bride serrée. Le reste du monde n'existait pour lui qu'à la condition d'être utilisé à son intérêt ou à son plaisir.

Aussi, le soir du dîner dont nous parlons, ne voyaiton chez lui que des négociants de province, ses correspondants, des agents de change, des courtiers, des célébrités douteuses, quelques amies de Mme Honoriot, et, perdu par hasard au bout de la table, une sorte de parasite fort rare dans ces maisons-là, un véritable homme à figure noble et distinguée, mais dont les vêtements négligés annonçaient une existence laborieuse. Personne n'y regardait, hormis Mlle Cécile Honoriot, qui le comblait de prévenances ; M. Honoriot lui accordait trois ou quatre œillades amicales dans l'intervalle des services. Du reste, cet homme semblait peu jaloux de l'attention qu'on lui refusait ; il mangeait comme quatre, levait de temps en temps ses yeux mouillés vers Mlle Cécile avec des paroles suaves et *timides*, et s'absorbait par instant en des rêveries qui l'immobilisaient comme le penseur de Michel-Ange.

Mlle Cécile avait quinze ans et en montrait vingt. Douée d'une constitution excellente, elle avait la beauté vivace que donne la nature, et y joignait les grâces et le poli que donne une culture sage et intelligente. Ce n'était pas une campagnarde, une provinciale, une Parisienne ; c'était une femme comme Dieu les crée. Elle était sympathique à tout ce qui était naturel et élevé. Le faux et le convenu la glaçaient ; son père, qui s'adorait en elle, la trouvait indomptable et lui reprochait sa raideur. Ce qui se raidissait en elle, c'était la force du bien ; le fond de son âme était la douceur forte et énergique, qui assure aux plus doux l'empire universel. Sa sympathie pour le personnage que nous avons désigné donne déjà une idée de son caractère : ce devait être un homme, pour qu'elle l'estimât et le distinguât entre les autres.

Emmanuel Mathers était un ancien camarade de collége de M. Honoriot, qui avait eu recours à ses lumières en plus d'une occasion difficile et s'en était toujours bien trouvé. Leurs carrières étaient bien diverses. Honoriot avait appliqué sa mathématique aux spéculations qui attirent le numéraire et le thésaurisent sans autre but que de thésauriser. Mathers avait appliqué la sienne aux spéculations de la science qui attirent des vérités pour le bien de tous, mais, le plus souvent, hélas ! au détriment de celui qui les découvre. Si encore Honoriot était venu en aide à Mathers, il aurait pu résulter de leur concours une action merveilleuse dans le sens du progrès. Mais aux yeux d'Honoriot, Mathers n'était rien qu'un rêveur, bon tout au plus à lui rédiger quelques notes, et à découvrir quelques erreurs en des affaires où le banquier se laissait embrouiller par des chiffres. Mme Honoriot aurait bien voulu s'en débarrasser, il ne jetait pas même sur la société le lustre d'une célébrité académique. Mathers était resté obscur ; Mlle Cécile était la seule de la maison qui lût au fond de son âme. C'était pour elle comme un grand lac dont elle voyait le fond à travers les fibres d'une multitude de plantes. Le réseau inextricable de ses connaissances l'empêchait pas de voir clair dans ses idées ; mais il fallait y regarder avec des yeux purs.

Au dîner, Mlle Cécile s'était placée à côté de Mathers en faisant presque violence à sa mère, qui se refusait à honorer de la sorte un homme de rien. Mathers n'était qu'à sa gauche ; à sa droite, s'étalait avec fatuité un jeune homme de trente-cinq à quarante ans, grand, maigre, portant habit bleu à boutons jaunes, cravate blanche, empesée, et parlant le jargon de mode le plus fantasque et le plus anglomanisé. C'était un gentilhomme des turfs, c'est-à-dire sans particule, mais jouissant de cent mille livres de rente en coupons et valeurs les mieux cotées à la Bourse. Il traitait avec M. Honoriot de gendre à beau-père, et ses longs regards à sa belle maman la faisaient pâmer d'aise. De ses économies il avait fait bâtir aux portes de Paris un château avec parc, où il menaçait d'emmener huit jours toute la société du beau-père. On se proposait d'y jouer un jeu d'enfer sous la présidence de Mme Honoriot, qui saurait bien réprimer les extravagances. Les correspondants de la province étaient émerveillés et n'interrompaient le beau diseur que pour décocher à l'improviste quelques compliments assez émoussés à la reine de la fête ou surprendre à la bonne humeur du banquier quelque privilège ou quelque concession. Honoriot, tout en patelinant, se tenait sur le qui vive, et ne lâchait la courroie que pour la resserrer à temps. Il prenait plaisir à stimuler les convoitises de ce beau monde.

C'étaient mille câlineries des femmes et des gens d'esprit, au point que l'insouciance de Mathers formait un singulier contraste avec leurs minauderies et leur empressement. Mlle Cécile lui en savait gré et ne dissimulait guère l'ennui que lui causaient les galanteries fades de son voisin de droite. « Que je suis heureuse de vous voir! » disait-elle confidentiellement à Mathers, dont les cheveux grisonnants le mettaient à l'abri de toutes les remarques d'une société mesquine. « Et moi donc! » répondait vivement Mathers, en promenant sur le cercle son beau regard devenu glacé. Il fut bien compris de Cécile, qui étouffait dans cette atmosphère. Du moment où les flatteries et les câlineries redoublaient : « Comme ils rampent, disait-elle encore! vous au moins.. et cependant......

— C'est vrai, répondit Mathers en retenant une grosse larme partie du cœur; ils ont cependant tous plus qu'il ne faut pour vivre. » Il y avait sous ces paroles, d'une part, tout un abîme d'angoisses et de douleurs journalières; de l'autre, un fonds inépuisable de miséricorde et de sensibilité vraie.

« Si vous étiez à leur place, monsieur Mathers, ajouta Cécile, le monde profiterait de votre fortune, et vos lumières ne resteraient pas sous le boisseau.
— Ce ne serait plus temps, ajouta le bonhomme, avec une expression de désespoir qui fit pleurer Cécile. — Tenez-vous, mademoiselle, ajouta-t-il; on vous verrait, et vous avez tort de me plaindre; j'ai fait mon sacrifice, je me trouve heureux. J'ai niché assez haut mes espérances et mes rêves pour que les coups des hommes n'aient jamais pu les atteindre. » Sa figure, à ce moment, était lumineuse comme si les reflets de la vérité pure y eussent éclaté. « Vous êtes dans un monde que j'entrevois de bien bas, murmura Cécile, nous en causerons après le dîner. » Mathers continua à dévorer comme s'il n'eût pas mangé de huit jours, et comme s'il ne devait pas dîner le lendemain. Les convives se donnaient sa voracité en spectacle, et en auraient parlé à demi-voix si le regard sévère de Mlle Honoriot ne les eût tenus en respect. Le banquier, voyant Cécile absorbée, lui répétait à diverses reprises : « Allons, mon enfant, tu n'es pas gaie ce soir! tu veux donc inspirer ta mélancolie à nos aimables convives? — Vous êtes un bien char-

mant trouble-fête, » ajoutait le gentilhomme rider. Cécile faisait une petite moue, et ne se défendait pas mal pour une novice en coquetterie : « Il faut bien laisser carrière à votre esprit qui tient toute la place. » Les provinciaux, qui n'avaient pu rien dire, applaudissaient tout bas à l'épigramme, dont Mme Honoriot était blessée au vif. Édouard Godin était son protégé et le prétendu désigné de Mlle Cécile. « Vous n'êtes pas aimable aujourd'hui, » fit Mme Honoriot d'un air sévère qui couvait une tempête de reproches. Cécile releva la tête simplement en signe de résolution; Mme Honoriot se sentit vaincue par l'ascendant moral de sa fille.

Au dessert, le champagne mit les secrets en ébullition et publia les confidences. Honoriot put voir qu'il était réellement jaloux de ses confrères. Il entendit quelques mots chuchotés assez haut qui le plongèrent dans une rêverie sombre : Si nous en avions fait autant, nous serions peut-être plus haut. Honoriot se croyait un fort honnête commerçant, et il était parfaitement en règle avec le code, et, en outre, il se figurait être coulant en affaires. Aucun fait de sa vie bien examinée ne lui faisait monter le rouge au front; pourtant il n'était pas sûr de lui-même, de cette confiance absolue qui rasséréne le front des héros. Son œil était creux et ne s'éclairait que de lueurs fugitives; son front, déprimé aux tempes et plissé nu-dessus des yeux comme celui d'un vieillard, annonçait plutôt des angoisses de l'âme que des labeurs de la pensée. Il avait en outre des cheveux rares, les mains sèches, les mouvements légèrement convulsifs, la voix en même temps sourde et criarde. Il n'avait point souffert, comme Mathers, des nécessités de la vie et des recherches de la science, et Mathers était beau malgré son affaissement; sa chevelure noire semée de blanc était encore épaisse. Si les joues étaient un peu tombées, ses yeux avaient une vigueur et une pureté que l'on ne trouve pas aux regards des jeunes gens. Il faut qu'une flamme céleste ait passé par là.

Les convives sortirent de table bruyamment et se répandirent dans les allées du jardin, dans la serre, dans le petit musée; M. Honoriot s'isolant, Mme Honoriot se rattrapant au bras du dandy; Mathers et Mlle Cécile cherchant le lieu le plus tranquille pour y deviser à loisir.

Mme Honoriot retint sa fille au passage. « M. Édouard a dû vous trouver bien maussade ce soir! — Oh! fit Édouard, Mlle Cécile est fort modeste, la retenue est de son âge. — Nous ne l'avons pas ramenée à Paris pour qu'elle y reste pensionnaire; il faut bien qu'elle apprenne le monde. Allons, monsieur Édouard, prenez-la un peu, et donnez-lui une leçon. » Édouard lui offrit son bras avec affectation, et commença en tête à tête une conversation de Jockey-Club, où il semblait qu'il fût par cœur le programme des dernières courses. Mme Honoriot avait rejoint la société. Mathers d'un côté, et Honoriot de l'autre, erraient comme deux ombres; tous deux plongés dans les rêveries et les anxiétés, l'un de la conscience, l'autre du génie malade.

Honoriot ne voyait pas clair dans son âme; il y sentait bourdonner confusément mille sentiments divers de juste et d'injuste qu'il ne savait guère distinguer les uns des autres. La triture des affaires et leur complication lui avaient fait perdre, ou même l'avaient empêché de trouver le fil conducteur qui doit diriger la vie, entre mille précipices, vers le pôle unique de la vérité essentielle. Mathers, qui connaissait le but et la cause, gémissait de voir l'humanité embarrassée dans mille petits chemins qui longent, allongent, traversent et rebroussent le véritable chemin. Il énumérait les moyens d'action qui lui avaient manqué, et songeait involontairement à la richesse de son camarade de collège, non pour en détacher un centime à son profit, mais pour la faire profiter à la grande cause qui absorbe toutes les autres : celle de l'humanité! Mlle Cécile fit quelques concessions à son importun pour s'en dégager, et ne tarda pas à rejoindre son vieil ami.

« Je me suis enfin débarrassée de M. Édouard. — C'est le prétendu qu'on vous destine? — J'espère bien qu'on changera d'idée, car, moi, je n'en changerai pas. — Vous auriez un sentiment? — Un sentiment, c'est bien dit. — Il me semble que vous allez un peu vite : on a peut-être tort de vous imposer un prétendu ; mais n'êtes-vous pas moins coupable d'en choisir un à votre âge ? — Oh ! je vous jure que je n'ai pas choisi, monsieur Mathers ; je ne connais personne : c'est un sentiment, comme vous disiez tout à l'heure. Écoutez-moi : je ne pense à personne en particulier ; cependant si je pensais à quelqu'un, ce serait à celui que je vois ici, dans ma tête, en fermant les yeux. Il a quelque chose de vos traits, monsieur Mathers, mais il est tout jeune, et n'a pas plus de vingt ans ; cependant il a déjà l'air d'un homme ; tenez, comme moi j'ai l'air d'une femme. Je ne sais pas s'il est riche, s'il a un parc, s'il a un château, s'il a des chevaux, s'il fait courir, je ne sais rien de tout cela ; seulement il est beau, mais vraiment beau! Il a la figure bien nette, toute d'une venue, comme les têtes des camées, mais sa principale beauté est dans l'air ; ses yeux disent tout ce qu'ils veulent, et ils ne disent que des choses qui font aimer. Son front est plein de choses qu'on ne voit pas, mais qu'on devine grandes et belles. C'est un homme enfin, ce n'est pas une créature. — Et vous ne l'avez jamais vu réellement ? — Je vous dis que vous lui ressemblez par tous les traits, seulement, nous ne nous sommes pas rencontrés à temps. » M. Mathers essuya une larme. « Ainsi, ce beau portrait est uniquement dans votre cerveau ? — Il est dans mon cœur, il a même été devant mes yeux. — Ah ! — Vous savez que nous avons passé quelque temps à la campagne, aux environs de Paris. Un matin, mon père et moi nous faisions une promenade à cheval ; j'avais mon amazone verte, et je montais Lili. Nous entrions, près de la verrerie, sous les grands peupliers qui bordent la Seine, à l'endroit où une île de saules, qui coupe la rivière en deux, forme, du côté de la rive gauche, une sorte d'étang verdâtre jonché de roseaux et de nénuphars. Un jeune homme errait sur cette rive, et se dirigeait vers la colline d'où l'on voit se dérouler cet immense panorama qui s'étend des hauteurs de Meudon et de Saint-Cloud à l'extrémité de la barrière du Trône, et encadre mollement la capitale dans les brumes bleuâtres de l'horizon. Le soleil jouait sur l'eau et dans les feuilles, faisant jaillir de partout des prismes et des myriades de pierres

précieuses. La Seine et les branches illuminées nous éblouissaient. Les bruits de la ville n'atteignaient pas jusqu'à nous, et la colline, projetant son ombre sur les prés fraîchement fauchés, en ravivait la verdure. Je me sentais peintre et poëte tout naturellement, et mon père semblait oublier le souci de ses affaires. Arrivé au pied de la colline, le jeune homme s'élança comme un cerf, gravit en trois sauts et s'assit, les yeux sur Paris et sur le paysage, comme s'il eût voulu embrasser l'infini. Je le vis dans de beaux rayons de soleil : c'était une sorte de transfiguration. Je le regardais de tout mon être, et n'imaginais rien de plus beau. Quand il nous aperçut, il fut distrait de sa contemplation. Il descendit aussitôt qu'il était monté jusqu'au sentier où nos deux têtes cheminaient mollement, nous laissant, mon père et moi, à nos impressions muettes. Son regard s'empara de moi d'un seul coup, et il me sembla que le mien perçait jusqu'au plus profond de sa pensée et de son sentiment. Je vous ai tracé le portrait que j'ai dans la tête. C'était lui, vivant, marchant résolûment au milieu des plantes fleuries et des rayons du soleil. Je ne le reverrai que dans un autre monde peut-être, et il me semble que si Dieu ne me l'envole pas dans cette vie, je l'attendrai jusqu'à l'autre. N'est-ce pas, monsieur Mathers, qu'il y a un monde où se réuniront les sympathies qui n'ont fait que se rencontrer sur la terre ? — Je l'espère, dit Mathers d'une voix tremblante ; je le crois, ajouta-t-il d'une voix plus ferme ; et, prenant la main de Cécile : Vous êtes une belle âme, une vraie enfant de Dieu ; ne vous découragez pas dans la voie périlleuse où vous êtes. On vous opposera beaucoup d'obstacles, mais allez et croyez toujours. La foi est violente, elle emporte d'assaut les retranchements les mieux fortifiés. Vous serez heureuse, Cécile, plus que je ne l'ai été ; attendez comme vous faites, et nul ne connaît les desseins de la Providence. Un jour peut-être, le jour où vous y songerez le moins, celui que vous rêvez existera pour vous, et, s'il est ce que vous me dites, ce dont je ne doute pas à l'accent de vos paroles, le monde se félicitera de votre union. »

Le salon envoyait jusqu'à eux des bouffées de rires et de lumière. Mathers s'interrompit et invita Mlle Cécile à rentrer, et en même temps il lui dit : « Vous n'auriez pas de peine à reconnaître le jeune homme que vous venez de me dépeindre ? — Oh ! non, fit-elle. — Ajoutez-moi quelques traits caractéristiques auxquels je puisse le reconnaître moi-même au besoin. — Ce vous serait facile si vous le rencontriez : Vingt ans, la tête en avant et toute d'une venue ; l'œil noir avec les cheveux châtains, la taille très-fine ; les épaules carrées, mais marchant résolûment ; en outre, il fredonnait fort mélodieusement et tenait dans sa main des fleurs simples. Il doit s'occuper d'histoire naturelle. Rappelez-vous vous-même à vingt ans. — Cela me suffit, dit Mathers en montant les degrés du perron ; bon courage! » Dans le vestibule ils rencontrèrent Honoriot tout pensif, se promenant de long en large, faisant claquer ses lèvres et ses doigts : il semblait qu'il fût sous le coup de quelque faillite. Cécile s'élança vite à son cou et l'embrassa de toute sa tendresse filiale. Ce baiser transforma le visage d'Honoriot et y ramena des lueurs sereines comme les clartés boréales sur les végétations mouvantes du pôle. Le banquier tendit sa main sèche au savant, qui la pressa de bonne amitié. « Venez tous deux, que je vous parle, dit Honoriot, je vous cherchais. » Il les entraîna dans un cabinet de travail où gisaient entassés les papiers d'affaires et les notes particulières d'Honoriot. Mathers entrait dans ce sanctuaire de la finance avec précaution, comme s'il eût visité la soute aux poudres.

Les gens d'imagination et de science sont toujours frappés de l'appareil de la force matérielle. Le mécanisme administratif les épouvante comme l'aspect des machines de guerre entassées dans un arsenal et des bastions alignés d'une façon formidable; ils ont peur de cela comme une femme délicate ou un enfant tendre de la vue d'une lame nue. La logique de la matière et de la force est redoutable aux logiciens de la vérité. Devant cet appareil ils se rejettent malgré eux dans l'infini, le seul fort inaccessible à ces armes brutales.

M. Honoriot prit sa fille sur ses genoux et fit asseoir Mathers à ses côtés.

« Mathers, tu vois mon bon ange, fit Honoriot. — Et le mien aussi, dit Mathers. — Elle a dans les yeux et dans le cœur des consolations pour tous. Mon cher Mathers, elle m'inspire de bonnes idées; elle a une nature si droite, que tout ce qui dévie un peu auprès d'elle tend à se rectifier. Tu connais ma délicatesse en affaires, je n'ai certes rien à me reprocher. Ma fortune m'appartient; elle est aussi pure que celle à qui elle reviendra un jour. Néanmoins je ne suis pas entièrement satisfait tant que de ce bien acquis je n'ai pas tiré tout le bien possible. J'ai dans les mains un moyen de faire des heureux, je veux me laisser aller à cette pente si douce, où je serai encouragé par les regards de Cécile. Je suis entouré de jaloux; je veux les confondre et les punir à ma manière; je veux en faire des heureux; je veux leur abandonner ma fortune qu'ils convoitent. — Comment! s'écria Mathers; que voulez-vous dire? — Tu as vu et entendu mes correspondants de la province: ils sont tous là à mendier autour de moi; ils recueillent avidement les miettes de ma table; ils sauteraient sur le pain entier s'ils en avaient le moyen. Je veux les apaiser: je les associe à mes affaires; désormais ils partageront mes bénéfices et mes chances de ruine, chacun pour la part qu'il aura prise dans cette spéculation nouvelle; et je te prie, toi Mathers, de faire le calcul probable de nos intérêts privés et généraux; je te donnerai les bases. J'espère que tu dois être content, mon bon rêveur; tu veux que j'entre dans les idées d'association. » Mathers hocha la tête et répondit avec naïveté: « Votre bonne œuvre vous rapportera quelques millions de plus et vous assure une autorité dont jamais n'ont joui certains monarques. » L'œil d'Honoriot s'illumina: Il venait d'entrevoir le coup d'œil de Mathers des éventualités heureuses qu'il n'avait pressenties que comme l'heureux joueur dont la main sent un bon de ce en le touchant, sans que la raison corrobore ce pressentiment. Cécile qui, un moment, avait admiré son père et s'était complu dans cette délicieuse émotion filiale, Cécile devint comme hébétée à ces paroles de Mathers: Votre bonne œuvre vous rapportera quelques millions de plus! Honoriot

se frottait les mains et sautillait. « Chose admirable, disait-il, la vertu est récompensée même ici-bas. — Pas toujours, fit Cécile d'une voix douce et en regardant Mathers avec une expression de douceur infinie. — La vertu positive, voulais-je dire, et non pas la vertu rêvée. » Mathers haussa les épaules et écrasa Honoriot d'un regard où il y avait tout le poids du ciel. Cécile ne put s'empêcher de dire bien haut: « Qui donc ici est juge de la vertu de notre ami? elle échappe à nos mesures. » Mathers redevint enfant et Honoriot câlin; il reprit la main du vieux savant, se remit à embrasser Cécile en lui demandant mille fois pardon, toujours sous cette invocation banale: Mon ange! mon cher ange!

Le banquier rédigea quelques notes, les présenta à Mathers, et, tirant d'un petit portefeuille qu'il avait sur lui un billet de banque de mille francs, le glissa dans les mains tremblantes de son ancien camarade, dont le cou se redressa par un mouvement de fierté: sa nature refusait;... Il hésita, regarda Cécile avec infiniment de soumission et de grâce, et prit le billet de banque avec dignité. C'était un an de travail pour lui, et un moyen peut-être d'atteindre à un but rêvé. Il faut si peu de chose à un véritable homme pour arriver à ses fins. Le moindre point d'appui suffit à une volonté forte pour soulever des montagnes.

Ils rentrèrent au salon, où Mme Honoriot les accueillit par une moue de reproche: il venait de se consommer un mystère sans elle! M. Honoriot prit à part ses trois ou quatre principaux correspondants et leur communiqua sa résolution. La joie éclata dans leur physionomie, et la nouvelle circula avec la vivacité de la flamme. La maîtresse de céans éleva la voix et manifesta sa surprise. « Je suis étonnée qu'on ne m'ait pas consultée avant de prendre une décision aussi importante. — J'étais sûr d'avance de votre assentiment, dit Honoriot, et je voulais vous ménager le plaisir de voir vos convives satisfaits. » Mme Honoriot dit à l'oreille de son mari: « De quel droit gaspillez-vous ainsi mon avoir? — C'est une spéculation, reprit Honoriot; nous y gagnerons des millions et une influence énorme. — Est-ce vrai? dit Mme Honoriot à Mathers qui se trouvait près d'elle, est-ce vrai que mon mari fait une bonne affaire? — Excellente, je vous jure, dit Mathers en s'inclinant; et Mathers, pour la première fois de sa vie peut-être, obtint une œillade de Mme Honoriot. « Il n'est point mal, dit-elle à sa voisine, un bas bleu assez célèbre; il est beau, mais ennuyeux: on n'en obtient que des axiomes de mathématique ou de morale. — Cet homme n'est pas de ce monde. — Il a dû y passer étant jeune, fit Mme Honoriot. Ses commencements sont aussi obscurs que ceux des grands fleuves, quoiqu'il n'ait jamais été qu'un ruisseau. — Vous ne lui connaissez pas, vous ne lui soupçonnez même pas d'aventure? — Il a ressemblé à Newton que je crois, sinon par le développement de ses facultés scientifiques, au moins par sa continence. — Vous croyez? — Vraiment, je le crois. — Voilà donc un vrai jeune homme de cinquante ans. — C'est le merle blanc; c'est le dahlia bleu. C'est ravissant; peut-être il aurait fait un grand homme! Il lui a manqué l'amour comme à nous toutes: nous n'en avons eu que les semblants, hélas! »

Cette conversation d'une psychologie féminine fort déliée était étouffée par le bruit joyeux des conversations voisines. Les banquiers, courtiers et agents de change se pressaient autour d'Honoriot, et rédigeaient oralement le programme de leur récente association. Mathers avait repris sa causerie avec Cécile, et avait commencé sa théorie sur l'application du numéraire aux besoins de la société, sans tenir compte des intérêts mesquins et égoïstes. Cécile suivait les raisonnements avec un enthousiasme tel, qu'à un moment elle échappa à son interlocuteur, se mit au piano, et suspendit, dès le prélude, les colloques animés des banquiers, des gens de lettres et des femmes. Ce fut une improvisation véhémente où se traduisaient ses aspirations et ses rêves audacieux. Ce n'étaient plus des modulations douces où se reflète une passion naïve et calme, comme celle des bergers de Théocrite, c'était une tempête où luisaient par instants des éclairs de passion. Il y avait quelque chose de la mêlée des opinions d'aujourd'hui, et si le motif, par moment, devenait limpide et sonore, il semblait qu'un rayon divin traversait cette tourmente et la rasséréait. L'amour n'y était pas individuel et isolé comme le peignent nos romanciers, il réagissait sur tout le reste, et exerçait une influence divine. A ce moment, Cécile avait du génie; elle suspendait ses auditeurs à son jeu, et ce n'était pas une merveille moins grande que de faire palpiter au théâtre une foule inerte et mal-

apprise. Les gens grossiers et naïfs sont plus près du beau que les gens déformés. Il y a une manière de civilisation qui est un acheminement à la barbarie. Les sauvages sont peut-être plus près de la vérité que les peuples abrutis et matérialisés par la routine et les mauvaises formules. Mathers se tenait près du piano, et son âme s'élevait avec celle de Cécile aux contemplations d'un monde invisible. « Nous avons parcouru notre pays ensemble, dit le vieux savant à la néophyte, lorsque ses doigts fatigués s'abattirent sur les touches d'ivoire et d'ébène. — Je ne suis pas habituée à ces grands voyages, » fit la jeune fille essoufflée et haletante comme une pythonisse, pendant que le jeune dandy Édouard Godin lui disait, entre ses dents, d'un ton pincé : « Joli! joli! joli! » comme s'il se fût agi d'une cabriole de singe ou d'un calembour. Cécile n'accueillit pas fort bien cette manière maussade de félicitation, et s'abandonna mollement aux suffrages du cercle jabilleur et parfumé.

La soirée s'éteignit; les derniers mots et les derniers sourires de la jeune fille furent pour Mathers. « Nous sommes ensemble, » lui dit-elle. Mathers lui serra la main et s'esquiva en saluant à peine le maître, la maîtresse de la maison et la société financière. « Au diable l'obstacle! murmura-t-il en sortant, du ton d'un homme qui est disposé à tout vaincre; au fait, ajouta-t-il, on ne triomphe que par lui. » Et il se dirigea rêveur vers sa cabine d'homme de génie incompris.

DEUXIÈME PARTIE.

Mathers en rentrant trouva une lettre d'un de ses meilleurs amis qu'il avait perdu de vue depuis assez longtemps, un savant comme lui, qui au nom de la science lui imposait un devoir des plus rigoureux dans la position gênée où il se trouvait. Il exigeait de lui un double sacrifice de temps et d'argent. Voici la lettre : « Neuville-sur-Saône le 28 avril 183.. Mon cher Mathers, je t'adresse où il te trouvera, un jeune homme que je te donne, ou plutôt que je donne au monde; c'est un excellent sujet, tu en jugeras. Depuis longtemps je n'ai rien à lui apprendre; je n'ai imaginé personne aussi digne et aussi capable que toi de veiller à son développement naturel, dans un pays où il est si facile de se gâter et de s'égarer. C'est un homme à vues larges, dont la pénétration va jusqu'aux plus petits détails. Il ne semble pas avoir découvert la cause en tâtonnant d'effet en effet, il semble avoir deviné de prime-saut tous les effets par une connaissance large de cause : c'est la manière des grands hommes. Tu sais que ces derniers sont rares, que jamais on n'en a eu plus besoin. Il n'est pas né comme nous en des temps orageux; le ciel lui a été clément. Jusqu'ici aucun vent n'a secoué ce bel arbre, il peut donner des fruits, il n'a pas perdu une fleur. Soigne-le, élève-le de tes bonnes et savantes mains : il t'embrassera pour moi et tu trouveras mon cœur dans le sien. C'est mon fils adoptif, je lui ai donné le seul héritage dont je puisse disposer :

l'éducation scientifique. Tu compléteras son bagage, et vos deux noms se mêleront plus tard dans la reconnaissance des nations. »

Mathers fut d'abord ému et joyeux; il allait être embarrassé, quand il se souvint du billet de banque tombé du ciel vraiment comme le second pain apporté par le corbeau à Paul le solitaire, le jour de la visite du solitaire Antoine. « Qui a remis cette lettre? demanda-t-il. — Un beau jeune homme timide, fit la concierge, il ne va pas tarder à rentrer. — Montez avec moi. Il faut faire coucher notre hôte; s'il était encore temps, je vous enverrais acheter un lit. — Acheter un lit, et avec quoi! — Ne soyez pas en peine, » dit Mathers qui soulevait avec effort son premier matelas et appelait la bonne femme à son aide. On improvisa un lit tant bien que mal, et le jeune homme entra au moment où s'achevaient les préparatifs.

« Est-il beau! » dit tout bas la concierge en le voyant. Mathers alla au-devant de lui simplement, l'embrassa comme un fils qu'il aurait revu, et, une seconde fois avec effusion amicale, comme s'il eût embrassé le vieil ami qui le lui recommandait. « Comment se porte ce cher Laurent? que fait-il? — Comment vous nommez-vous? Que j'ai de choses à vous demander! » dit Mathers au jeune homme qui attendait un moment d'arrêt pour répondre par ordre à chacune de ces interrogations; et, sans attendre les réponses, Mathers

Et quand ils furent seuls...

considérait attentivement le jeune protégé qui lui arrivait, il le regardait avec des yeux avides, comme s'il eût voulu tirer son horoscope et pénétrer sa destinée. Il élevait la main jusqu'à son front, et y vérifiait les indices du génie, à peu près comme un horloger qui presse la boîte d'une montre pour en préjuger la valeur. Il est rare qu'on enferme un méchant mécanisme dans une boîte de prix, et quand nos horlogers tromperaient de la sorte, ce serait faire injure à Dieu de lui attribuer de semblables calculs. Un beau front peut être vide, mais on distinguera toujours un beau front vide d'un beau front plein. La forme ne trompe que l'observateur vulgaire et superficiel. Le jeune Lucien Boïce justifiait toutes les découvertes de la phrénologie, comme toutes les têtes sérieuses qui ont servi de bases aux expériences; et ce n'était point seulement par le beau développement de lignes frontales qu'il en imposait à l'observateur, mais par le jeu simple de la physionomie, par l'expression vocale, par la dignité et la sobriété du geste, par les mouvements limpides et faciles du sang qui nuançait de rose et de bleu la blancheur de son teint. Dès le premier coup d'œil, Mathers s'était senti fier de diriger une si belle nature. A un moment où la science est le véritable instrument des

conquêtes, comme jadis le génie militaire, il se regarda comme l'Aristote d'un jeune Alexandre pacificateur qui pourrait, avec ses instructions, établir dans le monde un empire moral abrité d'avance par son élévation même contre les morcellements des successions. Il faut pardonner les grands rêves à ceux qui viennent de notre temps. Les coups d'épée d'aujourd'hui ne ressemblent pas mal aux dernières luttes du don quichotisme (1) et sont la même chose au fond. La pensée envahit le monde, et comme son empire n'a pas de limites précises, il est tout naturel qu'on lui assure, fût-ce mille ans d'avance, son premier et naturel domaine, le petit globe où nous vivons.

« Qu'est devenu mon bon Laurent? reprit Mathers. — Il me semble le revoir en vous, dit le jeune homme; transportez votre cabinet d'étude et votre chambre de savant dans une petite maison comme celle de Socrate, de Paris à la campagne, dans un site légèrement accidenté, où la Saône remplace votre Seine; substituez à ces étages de maisons des étages d'arbustes; voyez-le au milieu de ce paysage, rêvant, lisant, tail-

(1) L'esprit du temps est à la paix. La grande guerre qui se prépare au Nord pour arrêter les prétentions d'une nation purement conquérante est un argument de plus en faveur de la civilisation : c'est plutôt une pacification qu'une guerre.

Quand il nous aperçut, il fut distrait de sa contemplation.

lant et cueillant ses petites provisions : c'est là toute sa vie extérieure. Sa vie intime vous est plus connue, vous la devinez à travers l'espace. La vie des intelligences bien dirigées est ici ou là, à peu de chose près, la même ; elles ne diffèrent que dans l'application, et comme mon premier maître, je sais que vous appliquez la vôtre à la recherche du bonheur des hommes. Puissé-je être initié par vous à cette science qui est autant du cœur que de la tête! — Allons, mon fils, dit Mathers, nous n'en sommes plus à l'initiation, et tel que vous êtes, peut-être m'apprendrez-... ... que je ne sais pas. La science pour moi est ..... dans l'entassement et la nomenclature d'une .... de découvertes que dans la fécondité et la simplicité de quelques-unes. La science est une. On n'a pas encore découvert ses premiers termes. Heureux l'enfant ou le vieillard qui fera jaillir jusqu'à nous cette lueur des profondeurs de la vérité éternelle! Mais faites-moi en trois mots votre histoire. — Je suis le fils d'un cultivateur, et j'ai été recueilli et élevé par M. Laurent, qui avait eu occasion de passer quelquefois par la ferme de mon père. Il s'est plu à me façonner dès le berceau, et quand une fois j'ai grandi, il est devenu jaloux de ce qu'il appelait son ouvrage et ne m'a plus accordé de baiser paternel que

comme récompense Il a passé quinze ans à me cultiver comme les laboureurs cultivent leurs champs. Qu'il m'a épargné de peines! Dans les commencements, ses yeux jeunes encore épelaient pour moi les livres, et il ne me laissait lire que dans les cieux et dans la nature. Il avait toujours peur que je prisse la forme pour la chose et qu'il se formât dans mon esprit une construction typographique de la science, qui ne fût pas la science elle-même. O monsieur Mathers, qui êtes-vous donc, qu'il vous juge meilleur et plus avancé? Quand vous êtes venu me baiser au front, j'étais tenté de m'humilier à vos genoux, si je n'avais pas su que la fierté humaine sied au front même des enfants quand elle y siège avec la pudeur, et que, venant nous-mêmes de Dieu, nous devons regarder les envoyés de Dieu comme des frères et comme des amis. »

Leurs premières confidences étaient ainsi élevées naturellement au-dessus des détails de la vie et n'y touchaient que par accident, comme les oiseaux ou les vaisseaux qui ne touchent à la terre que pour approvisionner. « Comment avez-vous pu me trouver dans ce réduit? fit Mathers, qui, en relisant la suscription de la lettre, ne vit pas d'autres indications que ceci : Monsieur *Emmanuel Mathers, à Paris.* —

Je vous cherche depuis quinze jours. — Depuis quinze jours! Et comment avez-vous vécu? — Mon bon protecteur m'avait donné en partant cinq cents francs en or : voilà les quatre cents francs qui me restent. Je m'étais logé dans un hôtel que je trouvais fort cher pour mes petites ressources. De là j'ai visité les curiosités de Paris, en demandant à tous les vents votre demeure. J'ai vu avec douleur et en même temps avec fierté que vous n'étiez pas connu. Dieu me réserve, pensai-je, un bonheur qu'il refuse à tant d'autres! J'ai su votre adresse à l'Institut. Je m'étais d'abord informé de vous comme d'un membre de cette illustre société. On m'avait ri au nez et presque pris pour un fou. Je retournai à la séance du lundi, où, en questionnant de droite et de gauche au hasard, je parvins à vous découvrir. Celui qui m'a envoyé vers vous est un homme fort estimable et fort instruit, qui m'a regardé attentivement en me demandant si je vous connaissais. Je lui ai dit brièvement que je vous étais adressé par un savant de la province, et il m'a répondu en me frappant sur la joue : Allez où Dieu vous mène, mon enfant, et ne vous laissez pas détourner du vrai chemin par les embarras, la pratique des choses de la vie : mieux vaut arriver à la solution d'un grand problème qu'à un fauteuil académique. — Je sais de qui tu me parles, mon fils : c'est d'un grand enfant qui a eu la naïveté de te raconter son histoire en quelques mots. Nous causerons plus au long demain. — Bonne nuit, mon cher ami, je vous laisse et vous reprendrai à l'aube. »

Le lendemain et les jours suivants, on fit plus ample connaissance, on se promena, on devisa des sujets qui ont de tout temps occupé les philosophes. Lucien s'élevait à des hauteurs métaphysiques d'où Emmanuel Mathers avait grand'peine à le ramener aux réalités. Cependant, quand il les abordait, c'était avec une précision mathématique merveilleuse. Comment réussissait-il à un si haut degré la double faculté de voir de loin et de près sans être ni presbyte ni myope? Il s'élançait dans l'espace imaginaire avec des ailes solides et planait d'un vol assuré; il se complaisait dans l'affirmation absolue, en concevant à priori le type même de l'existence, et l'examen du détail ne le faisait pas dévier. Il analysait sans scepticisme : c'était un esprit aussi juste que grand. Mathers n'avait qu'une chose à faire : lui apporter des éléments des connaissances, les contrôler à ce jugement si haut et si parfait. Qu'il connaisse les faits et les accidents physiques, il en déduira les lois premières. Résumez-lui les faits moraux et sociaux, il les classera et en déduira peut-être la forme simple tant cherchée, qui doit arracher l'humanité aux décisions ambiguës des codes. Il est plein de vie et de génie; les conceptions les plus hautes revêtiront sous sa plume une forme imagée et séduisante qui enchantera tout naturellement les sens de la multitude. O Mathers, le monde vous réclamera bientôt ce dépôt précieux; il y a dix talents dans ce seul talent, comme dix grains de blé dans un seul grain. Laboureur, ne t'endors pas, les populations ont faim, et le froment de la science est mêlé de beaucoup d'ivraie. Prépare une bonne moisson, et tu seras le premier à en recueillir les fruits.

L'ordre des études fut simple, et comme les préliminaires étaient passés, la plus large part fut laissée à la réflexion et aux travaux transcendants. Il en résultait chaque jour une découverte, et, avec le temps, une connaissance simple et approfondie de l'homme et de ses rapports avec ses principes, avec ses semblables, avec la nature soumise à sa volonté, presque à ses caprices les plus fantasques.

Lucien obtint de lire à l'Académie quelques mémoires dont il rapportait tout l'honneur à Mathers, et qui tirèrent de l'obscurité l'élève et le maître, sans toutefois ajouter à leur aisance.

Mathers ne se douta pas, au bout d'un an, que lui et son maître n'avaient pas eu d'autres ressources qu'un billet de mille francs et les quatre cents francs qu'il avait déposés en arrivant dans les mains prudentes et économes de cet excellent tuteur. Qu'on se figure les préoccupations de Mathers quand il vit ce petit pécule toucher à sa fin. Tant qu'il ne s'était agi que de vivre seul, il ne lui était jamais venu à l'idée, au milieu des privations les plus dures, qu'il pourrait manquer de ce qu'il pensait être le nécessaire. Dès longtemps, du reste, comme il le disait à Mlle Cécile, il avait fait le sacrifice de la partie matérielle et extérieure de sa vie. Ce qui préoccupe légitimement le reste des hommes, le confortable et la bonne chère, le vêtement, l'ameublement, avaient été relégués par lui au rang des superfluités, en raison de la difficulté qu'il trouvait à acquérir ces biens secondaires. Absorbé comme il l'était dans ses recherches philosophiques, il avait pu tuer une partie de lui-même (et qui lui affirmait que l'autre part n'avait pas souffert de cette moitié de suicide?). Pourrait-il souffrir qu'une part de Lucien fût immolée aussi? Ne devait-il pas le conserver et le développer complet? Est-il un philosophe ou un idéaliste raffiné qui, en voyant un beau jeune homme ou une belle jeune fille, la vieille et toujours nouvelle figure d'Adam et d'Eve dans le paradis de l'adolescence, ait consenti de gaîté de cœur à mutiler ces formes gracieuses de la vie et du sentiment? L'œuvre de Dieu est belle jusqu'à ses extrémités, et elle ne se complète à nos yeux que dans son entier développement physique autant que moral. L'œuvre ne serait parfaite, et nous ne serions réellement bons et grands que si nous étions tous beaux autant que nous pouvons l'être dans ce monde d'accidents et de caprices. Ce fut donc un rêve nouveau pour Emmanuel Mathers, que celui d'assurer la vie heureuse, large, indépendante à un jeune homme bien doué. Quand il y eut pensé sérieusement, et qu'il s'en fut imposé l'obligation, il regretta de n'y avoir pas songé pour lui-même, et comprit qu'en se resserrant dans les bornes matérielles, il avait nui à l'extension de ses facultés. Il se fit alors une grande révolution dans sa manière de vivre. Pour son Lucien, il se fit homme pratique, il descendit aux applications, ou plutôt prit le parti de s'y soumettre, et il ne tarda pas à découvrir dans les plus petites causes ce qui s'y trouve aussi bien que dans les plus grandes, le rayonnement divin. Il ne rougit pas de se mêler à ceux qui encombrent les portes et avenues privilégiées, non pas pour s'abaisser à des flatteries et se pousser par l'intrigue, mais pour y présenter loyalement ses travaux et réclamer, au nom du savant, le salaire de l'ouvrier. Quel dévouement sublime! Le malheur des temps, et une sorte de négligence que fait excuser le mérite, l'avaient retenu lui-même dans les limbes de l'obscurité ; il expiait la faute du temps en redevenant à son âge et pour un autre ce qu'il eût été plus facilement à vingt ans pour lui-même. Il nourrit Lucien de son travail, et veilla sur ses relations avec une sollicitude maternelle. La maison d'Honoriot aurait pu lui offrir quelque distraction. L'amitié de Cécile était une bonne fortune pour un jeune homme aussi élevé. Mathers eut peur de mettre leurs sympathies en contact. Sa délicatesse ne lui permettait pas de jouer un aussi mauvais tour à Honoriot. Il s'abstint de lui présenter Lucien et d'en parler jamais, tout en profitant pour lui du moyen de vivre que lui procuraient les relations industrielles du banquier. Edouard Godin, à qui il fut recommandé, le consulta et lui posa plusieurs problèmes, de la solution desquels il sut tirer un bon parti dans des entreprises fort lucratives ; et comme il résulta de ces nouveaux rapports un travail matériel journalier, Lucien Boëce, qui dut s'en apercevoir, ne tarda pas à s'offrir comme aide et à substituer Mathers, lorsque celui-ci était appelé ailleurs ou se sentait indisposé. M. Edouard Godin vint plusieurs fois les visiter dans leur retraite, et ne fut pas long à se préoccuper du parti qu'il pourrait tirer, dans l'intérêt de ses affaires et de son nom même, d'une intelligence aussi précoce. Edouard s'y prêta facilement. En fait d'intelligence, les gens qui ont beaucoup n'hésitent pas à en donner.

Edouard ne mettait pas d'empressement à le tirer de l'état inférieur où il le voyait, et, à la manière de certains industriels, lui laissait ignorer le prix de ses services, pour les rétribuer moins et s'en assurer mieux l'honneur. Mathers, qui s'en apercevait, laissait Lucien prodiguer et gaspiller ses facultés, comme un tuteur indulgent qui passerait des folies de jeunesse à un héritier de grande famille. Il se mettait fort peu en peine que son protégé se fît un nom vulgaire par des découvertes de second ordre ; il comptait sur un succès plus élevé, et s'était créé des ressources pour pouvoir attendre. Un matin, il entra joyeux dans le cabinet de Lucien, qui déjà s'était vêtu et se plongeait dans une lecture scientifique. « Allons, mon bon jeune homme, c'est assez faire le vieillard. » Lucien se leva tout étonné, et embrassa Mathers avec une jovialité qui équivalait à un démenti formel. « Ferme ce livre, mon enfant ; tu as vingt-deux ans sonnés, et tu es de cinq ans en retard pour revêtir la robe prétexte. (Lucien s'étonnement d'étonnement.) Prends ces trois billets de banque, ils sont le fruit de tes économies et de ton labeur. M. Godin te les devait pour le prix de tes calculs et de tes découvertes ; ils sont bien gagnés, je te le jure. Je n'ai pas à m'inquiéter de la façon dont tu en disposeras. Tu sais la vie, et tes habitudes réglées te mettent au-dessus des périls où s'accrochent les vertus ordinaires. Tu as le droit de vivre un peu plus à l'aise, de prendre un peu ta part d'air, de soleil, de jouissances pures ; prends ton vol comme un oiseau ; seulement, reviens au nid : la chambre du savant n'est pas une cage, mais un abri paternel. Le moment est venu où ton cœur doit sentir la douce influence de l'amour. Ton instinct, qui est droit de lui-même, est encore dirigé par la science. Tu sais ce qui peut assurer ton

bonheur, attends... et, quand tu auras trouvé, fie-toi à Dieu, comme l'hirondelle au vent. » Lucien se sentait ému comme un jeune matelot novice qui, avant de poser le pied sur la planche de sapin, reçoit la bénédiction et le baiser de son vieux père. Il ne put s'empêcher de s'écrier : « Vous avez l'esprit aussi large que le cœur ; la lumière de votre intelligence me luit pas que pour vous, elle ouvre un sillon éclatant dans les ténèbres de mon avenir, et je n'ai qu'à marcher où votre doigt me guide. Je vous ferai honneur, mon cher père, et vous en écrirez à M. Laurent, qui lira la lettre à mes père et mère naturels, nos chers paysans de Neuville. Voilà leur fils transformé en *Monsieur*, comme ils disent. Que la dignité humaine de l'ouvrier soit relevée en moi, et qu'on n'y sente rien de la morgue du parvenu ; nous autres enfants du peuple, nous ne devrions monter que pour étendre le niveau de la distinction, et non pas pour élever celui de la morgue et des prétentions fausses » Il y eut des embrassements et des caresses, et une invitation à déjeuner du pupille au tuteur, qui accepta de grand cœur. On se recueillit à la fraction du pain comme à la scène d'Emmaüs. Il est touchant de regarder le jeune homme et le vieillard, tout en profitant des bienfaits de la nature, s'unir dans un commerce d'intelligence qui donne une idée prématurée de la vie à venir. La pensée sommeille, lorsque les organes hébétés par la faim se refusent à la servir. Le pain et le vin, en excitant, poussent à l'émission des idées qui se stimulent et s'échangent avec plus de verve. Il y a eu des poètes qui ont chanté le vin, parce qu'il endormait la raison et le souci : c'était pour eux le breuvage assoupissant qui les aidait à porter le fardeau de l'existence. D'autres le chantent, parce qu'il donne l'éveil aux facultés, et rend plus spontanée la manifestation de la pensée. Le vin fait raisonner juste les bons, comme il fait raisonner faux les méchants philosophes ; il ouvre les cœurs et les lèvres aux confidences intimes qu'une pudeur sainte retenait cachées dans les plus secrets de l'âme. Au dessert, après une pause de quelques moments, Lucien poussa un gros soupir, et laissa voir sur son front une préoccupation douce et triste, dont l'œil du maître pénétra le motif. Son sourire bienveillant stimula la franchise du jeune convive, qui lui fit cet aveu naïf : « Je vois que vous me devinez. Vous n'ignorez que le détail de ma passion, je veux que vous la connaissiez comme moi. Ne faut-il pas que je vous soyez favorable par la puissance de vos souhaits ? »

Le vieillard se recueillit comme pour écouter un récit pieux, et le jeune homme raconta, non sans rougir : « Vous savez que je vous ai cherché quinze jours avant de découvrir le lieu de votre demeure, lorsque j'arrivai à Paris. Pendant ces deux premières semaines, j'employais mon temps à visiter ce qui, dans la ville et aux abords, attirait ma curiosité. N'ayant pas de cicerone, je ne m'attachais pas à voir de suite la capitale en détail. Je cédais volontiers à la pente qui m'entraînait aux environs. L'ennui de ne pas vous trouver et le regret du bord natal me faisaient préférer la solitude de la campagne environnante au bruit assourdissant de la ville. La pente de la Seine avait mes préférences ; son eau calme et ses îles de saules me rappelaient ma Saône que je saluais de ce désir naïf :

Oh! qui me rendra ces rivages,
Saône que j'aime, et les ombrages
De peupliers,
Où les colombes si fidèles
Appelaient, en battant des ailes,
Leurs doux roulers!

Je ne sais ce regret du pays, entrecoupé d'une plainte amoureuse, attendrit le paysage; mais un jour il s'anima à mes yeux d'une teinte plus chaude et plus poétique; il devint pour moi une sorte d'Eden que je visiterai toujours avec respect, tenté de baiser la poussière et les brins d'herbe à chaque pas. J'avais côtoyé, en fredonnant ce refrain, un bras de la Seine formé par une île de saules et de peupliers blancs, qui ne ressemble pas mal à un étang verdâtre jonché de nénuphars et de roseaux. Je m'étais élancé vers la colline de Meudon, et je regardais, émerveillé, cet entassement confus de maisons surmontées de dômes, d'aiguilles et de tours, qui encombrent l'horizon parisien. Mon regard, embrassant d'un coup toutes les cases de cette vaste fourmilière humaine, renonçait à les saluer, comme Abraham à compter les étoiles. La campagne, qui est toute une ville de plaisance, m'étalait ses tapis de prairies, ses broderies de vignes et ses forêts de la couronne, où je croyais entendre les aboiements des meutes. Le soleil, les nuages et la Seine entrecoupaient de lumières, d'ombres, de chatoiements, de reflets, cette immense variété de choses vivantes de la vie humaine ou de la vie de la nature, d'où s'élevait un bruit vague, que la modulation d'un oiseau voisin m'empêchait de discerner. Cet oiseau, qui me faisait oublier un monde, attacha ma vue à mes pieds. Les yeux de mon âme n'ont plus quitté ces lieux, et les mouvements des saisons ne changeront pas une feuille à ce paysage, qui vivra toujours avec moi. Vous m'avez fait remarquer, au Musée, le paysage bleuâtre qui encadre mollement la tête de la Joconde : ce paysage doit être un souvenir d'amour. Je serais peintre, je ferais aussi mon paysage autour de la figure aimée. Quelle vision, monsieur Mathers! la vie des fleurs, des oiseaux et de la nature dans un ovale de tête féminine. Quelle figure simple et rayonnante! quel œil de génie! Il m'a embrasé et transformé; il m'a dépouillé subitement de toutes les gaucheries du provincial, et m'a prémuni contre toutes les extravagantes manies du Parisien. Cet œil est pour moi une norme infaillible; il est bleu comme les pervenches, et j'ai vu qu'il m'aimait. Comment faire? j'ai voulu la suivre. Ma vision était accompagnée d'un vieillard; elle s'est évanouie, au trot d'une jument baie, dans les plis d'un voile de gaze et d'une amazone verte.»

Mathers avait écouté ce récit, la tête cachée dans ses mains; il admirait les arrangements de la Providence, et concevait un espoir que la position des deux jeunes gens combattait. «Dieu vous soit en aide, Lucien, dit-il, et j'espère avec vous. — Comment! vous épousez une chimère? — Les chimères sont souvent des réalités,» répondit le vieillard, qui ne voulait pas préciser encore le rêve de son enfant adoptif, ni se mêler de l'action libre de la Providence avant que le moment fût venu. Ils se levèrent et allèrent visiter à pas lents le lieu de la scène. Mathers y voyait tout ce que Cécile et Lucien lui avaient dépeint chacun à sa manière. Lucien exalté n'y reconnaissait plus rien. «Je ne vois plus que le squelette de ce que j'ai vu! s'écriait-il; où est la vie, la couleur, la modulation de l'oiseau, et la gaze, et l'amazone verte? Le paysage n'est plus que dans mon cœur; oh! si j'étais peintre. — Vous êtes un vrai peintre, fit Mathers; il ne vous manque rien que le pinceau et la formule au rebours de tant d'autres.» Cette journée fut pleine d'émotion, d'enfantillages et de châteaux en Espagne. Elle commença pour Lucien une ère toute nouvelle, où la science et l'étude furent subordonnées au sentiment qui les activa encore. L'amour ouvre les yeux de l'esprit quand il se porte sur un objet élevé et digne. Plus sensible aux réalités immatérielles qu'aux fictions du temps, Lucien en se rencontrant eut bientôt deviné où il rencontrerait Cécile. Chaque matin il lisait les journaux, où observait le temps, il regardait où pouvait être attirée la foule intelligente. Il avait fini, en se rencontrant de goût avec celle qu'il aimait, par la rencontrer souvent elle-même : c'était à une représentation solennelle où la composition du spectacle devait attirer le public d'élite; c'était aux mêmes promenades, à certains jours tièdes où la terre, les arbustes, les plantes semblent aimer. C'était partout enfin. N'y a-t-il pas des attractions entre les gens qui sont unis de pensée? Un jour, ils se trouvèrent ensemble à la célébration d'un mariage du grand monde. Le mari avait un nom connu dans la politique et dans les lettres : c'était sa dot; la fiancée était d'une vieille famille européenne; ils étaient jeunes et pleins de vie. Lucien et Cécile se virent au même instant et chancelèrent; il y eut une scène presque scandaleuse à un moment si recueilli; il fallut emmener les deux jeunes gens du côté de la nef. Mme Honoriot apprit la coïncidence des deux syncopes, et en conçut quelques doutes qu'aucun souvenir et aucune donnée extérieure ne vint réaliser; elle prit cela pour une plaisanterie du hasard.

Néanmoins la rencontre d'un beau jeune homme à cheveux châtain doré, à l'œil noir, à la mise simple, à l'air noble, dans tous les lieux où l'entraînaient à son insu les caprices élevés de Cécile, lui revint à l'esprit, et un jour, au bois de Boulogne, elle constata un petit flagrant délit d'œillades dans l'allée de la Muette. L'amour a son petit langage de fleurs à la portée de tout le monde, et de ceux surtout qui n'ont pas occasion d'échanger leurs confidences. Une fleur cueillie et jetée en avant, ramassée discrètement en arrière, n'est pas un discours bien éloquent et qui fasse beaucoup de bruit; mais ce simple hiéroglyphe naturel en dit plus que vos longues lettres où la passion se complaît dans elle-même plutôt que dans l'objet aimé. Lucien avait parlé ce langage, et Mme Honoriot avait surpris sa conversation; elle avait saisi le corps du délit dans les mains de sa fille, une fleur d'églantier mi-close, où Lucien avait porté ses lèvres; Mme Honoriot l'avait effeuillée avec dédain et foulée sous ces jolis pieds avec ces simples paroles: «Je ne croyais pas avoir élevé une enfant aussi romanesque.» Le jour suivant, elle eut soin de faire venir à sa portière Édouard Godin, montant un cheval blanc superbe. Il se penchait vers Cécile avec affectation, et prenait bien soin de s'afficher aux yeux des promeneurs. Lucien fut trompé à cette apparence; il se crut supplanté de gré ou de force, et se réfugia dans le bois pour y pleurer ses premières larmes. Il en versa d'autres dans le sein de Mathers en lui racontant la scène de son désappointement. « Édouard Godin, murmurait le jeune homme, qui s'est paré des plumes du paon, qui m'a pris mon œuvre et qui me prend mon amour ! — Ne vous désespérez pas, dit le vieillard, l'amour est une invention plus merveilleuse que tous les secrets qu'il nous a achetés, et je me tromperais fort s'il était susceptible de faire une semblable découverte. » Lucien changea d'aspect en un clin d'œil ; les roses fraîches se fanèrent sur ses joues, qui s'injectèrent d'un sang bouillant et juvénil. Il s'assit résolument devant sa table de travail, et sentit que son cœur allait passer dans une œuvre de génie. « Je ne sais pas son nom pour écrire la dédicace, mais elle saura le mien ! » s'écria-t-il. Mathers profita de cet heureux mouvement, et, se penchant vers l'épaule de Lucien, lui dit à l'oreille : « Je lui lirai votre œuvre quand elle sera finie, et, si j'en trouve digne, j'y écrirai se nom. — Vous la connaissez ! » dit Lucien sautant au cou du vieillard. Mathers fit un signe de tête affirmatif, et posa un doigt sur sa bouche. Lucien s'inclina respectueusement devant la discrétion de son tuteur, et, puisant une nouvelle force dans ce sacrifice, commença à écrire, sous une inspiration féconde, le prologue de son ouvrage. « Euge, macte animo, dit Mathers en fermant sa porte. C'est comme cela que vient le génie ! »

Honoriot avait mené à bien son entreprise : c'était un homme fin, laborieux, persévérant et de la nature féline ; les caresses ne lui coûtaient rien, mais il ne s'attachait pas. Il possédait au plus haut degré le grand art de lier les hommes par leurs intérêts, tout en les divisant de cœur, et, après les avoir isolés, il était assez adroit pour retenir dans sa main tous les fils qui les reliaient entre eux. Comme nous avons vu, il s'était fait le centre d'une association immense dont les réseaux couvraient les deux mondes, et comme sa mise de fonds était de beaucoup plus importante que celle de ses coassociés, il avait prélevé sur les bénéfices généraux une part proportionnelle. En outre, avec des capitaux qu'il s'était réservés, il n'avait pas hésité à faire des spéculations particulières, dont il assurait la réussite en se servant isolément de l'action puissante et des renseignements de la compagnie. A ce jeu-là il avait décuplé, centuplé peut-être sa fortune ; personne n'en connaissait exactement le chiffre. Son influence seule était bien connue, tout le monde en sentait le poids ; elle agissait avec un arbitraire violent sur le grand marché européen, et se retrouvait encore dans les plus petites halles et dans les plus petits comptoirs des villes et des simples bourgs. Un levier donné et une volonté, il est facile de remuer le monde. Honoriot avait profondément compris le sens de cette illustre maxime, et il l'avait fait servir à ses fins, comme s'il était permis d'employer les grands moyens d'action au profit de son individualité isolée et égoïste. Toutes les forces de premier ordre sont au service des hommes réunis, et ne peuvent pas s'ériger en monopole. Un homme accapare le métal, pourquoi un autre n'accaparerait-il pas l'eau des fontaines, un autre le bois des forêts, un autre le grain des sillons, un savant peut-être l'air de la montagne et de la

plaine ? Quand on a la puissance d'accaparer, d'absorber ou de généraliser, on se doit à son pays ou au monde ; on ne peut plus agir en vertu d'un caprice, on est soumis à la grande loi d'amour, et comme on en peut être l'agent actif, on est coupable quand on se retranche dans son importance et dans la légalité, et quand, pour imposer silence aux murmures instinctifs des multitudes, on l'héberge aux jours de fête et on lui jette de temps en temps les miettes du festin.

Honoriot était un fort honnête homme qui ne s'était jamais inquiété d'idées ; il n'avait travaillé que sur le fait et sur ce qu'il appelait le positif ; il connaissait le droit brut, et savait en tirer mille arguments en sa faveur. En dehors de ses occupations, toutes dirigées à l'agrandissement et à la plus grande gloire de sa personne et de sa dynastie, il était le meilleur compagnon qui se pût voir, tout en faisant gros dos et en s'arrondissant sur ses pattes de velours. C'était la providence des artistes, des gens de lettres, des pauvres. Les journaux le publiaient à l'envi. Hélas ! n'est-il pas honteux qu'un homme de nos jours puisse traîner après lui sa cohorte de clients et de mendiants, comme aux époques les plus dépravées de la république et de l'empire romain ? Que deviendrait l'égalité européen, l'égalité pure et simple du code dans un État où un seul ou quelques hommes pourraient sans contrôle supérieur affamer une capitale, rémunérer des affaires privées, acheter des écrivains et organiser à leur profit une royauté secrète plus puissante que les royautés avouées et reconnues ?

Honoriot patelinait, tout en ramassant les marrons ; il n'avait pas l'air de pressentir où l'élevait son système ; il se laissait faire puissant et riche, sauf à en bien user ensuite. Une seule pensée contrariait les plans de son ambition : c'était le mariage de sa fille. Édouard Godin était son homme. Vérifié et approuvé par M. Honoriot, Godin était le plus remuant et le plus intelligent de ses serviteurs. Dans les régions hautes de la finance ou de la politique, on ne fait pas de sentiment, et Mlle Cécile se montrait vraiment beaucoup trop sentimentale.

L'élévation de ses pensées était une accusation muette dirigée contre le père et la mère, et la ténacité de son esprit ne laissait pas présumer quelle dût se résigner à abandonner la partie. Tout fut essayé pour la vaincre. On fit tourbillonner autour d'elle tous les plaisirs et toutes les séductions. Édouard, à tous les calculs et à toutes les roueries de la vie parisienne, savait lui parler son langage et se faire, à ses pieds, noble, généreux et vertueux. Grâce aux découvertes de Lucien, il s'était fait un nom dans la science, montrait un ruban d'officier à sa boutonnière, et prétendait à l'une des premières places vacantes à l'Institut. Ses chevaux piaffaient toute la journée dans la cour d'honneur de l'hôtel Honoriot, et emmenaient Cécile, en compagnie de sa mère, à tous les lieux où se réunissait le beau monde. Édouard, à l'exemple d'Honoriot, avait aussi ses clients, et distribuait à heure fixe la sportule. Les tête-à-tête étaient habilement ménagés par la fine Mme Honoriot, tantôt dans les appartements, tantôt à la campagne. Édouard Godin se croyait un grand conquérant, il savait son Don Juan par cœur, et avait des phrases toutes faites qui excitaient les bâillements de l'héritière obstinée. « Je ne crois pas un mot de ce que vous me dites, lui répondait fort sèchement Cécile; je vous jure que je n'ai jamais rêvé de vous; » elle trouvait ces choses impertinentes, elle si noble et si douce. Une voix intérieure la prémunissait contre ces embûches déguisées, et elle sentait victorieuse de toutes les luttes. M. et Mme Honoriot reçurent avec gémissement les plaintes d'Édouard. Quelle que fût son ardeur à tenir la partie, il ne pouvait pas forcer Mlle Cécile, et se retirait devant ses répugnances. Les deux confidents de sa défaite encouragèrent encore ses prétentions, et promirent de l'aider de toute leur force, seulement on différa l'attaque de quelques jours.

Cependant Cécile embellissait et souffrait. Sa tendre adolescence était consumée par les rêveries; elle eût voulu briser les chaînes d'or qui la retenaient hors du bonheur. Elle caressait en imagination le fantôme de son amour idéal. Depuis la scène du bois de Boulogne, elle n'avait pas revu le rival préféré à Édouard; elle se perdait en conjectures impossibles. Elle ne savait rien de son existence, que des choses vagues et supposées. Quoiqu'il vécût réellement, ce ne pouvait être pour elle qu'un nombre abstrait, une image, un songe, puisqu'elle n'avait échangé avec lui que des regards et quelques signes d'intelligence. Où était-il? un ange ne le lui amènerait-il pas un jour? S'il était vraiment un homme, il saurait vaincre tous les obstacles; en devait être un homme, un grand cœur, il viendrait sûrement, il triompherait des résistances de son père et de sa mère; mais par quels moyens? Ses yeux embrassaient l'espace, et y cherchaient avidement un point où l'œil de son ami pût s'arrêter en même temps que le sien. Par moments il lui semblait que leurs âmes conversaient ensemble; elle conjurait les éléments de lui conserver et de lui amener celui qu'elle aimait; elle dépérissait de langueur comme l'épouse du cantique, et le bien-aimé ne revenait pas.

Honoriot se garda bien de troubler sa solitude, il donna même des ordres pour qu'elle fût respectée rigoureusement. Il attendait de bons effets de cette sorte de réclusion rêveuse, les forces s'y usent beaucoup plus vite; il ne s'agissait que d'épier le moment où elles seraient à bout, pour amener à merci la belle et intéressante victime. On prit ensuite le parti de s'apitoyer sur elle; on ne l'aimait que rarement, et avec des larmes et des soupirs simulés, si bien qu'au bout de quelques jours elle crut à son malheur irréparable. Honoriot s'arma de toutes ses forces pour recevoir ses confidences, et, les ayant recueillies, il sut les effeuiller avec beaucoup d'art, au contraire de Mme Honoriot, qui avait foulé aux pieds l'églantine offerte par Lucien. « Ton rêve est charmant, disait le père à son enfant en la pressant dans ses bras, je donnerais mon or pour te le réaliser; mais, avec toutes les forces du monde, je ne pourrais pas attirer dans ma villa de Meudon les images d'or dont s'enveloppe le soleil à son coucher. Tu ne sais pas ce que tu veux. Je t'offre un mari comme sont tous les hommes vus de près, imparfait sans doute, brisé par les soucis des affaires, mais honnête et bon. C'est tout ce qu'on peut désirer ici-bas; tu ne réaliseras la chimère qu'au ciel, si tu y entres jamais, et, pour y entrer, il faut te soumettre aux décisions de ton père et de ta mère. » Cécile ne répondit rien. Édouard vint dîner en famille;

le dîner fut silencieux. Édouard ne mangeait pas et s'essuyait les yeux; Cécile éclata en sanglots, qu'elle étouffa sur le sein de sa mère. « Allons, vous êtes une belle et bonne enfant, lui dit Mme Honoriot. Dieu vous inspirera ce que vous devez faire. » Édouard prit les mains de Cécile, qui les abandonna, il y déposa un tendre baiser. Certes, on conçoit qu'il l'aimât autant qu'il était dans sa nature d'aimer : belle comme elle l'était, et relevant ses avantages extérieurs par la noblesse de l'âme et la force de l'intelligence, Cécile était un diamant, dont la possession pouvait exciter la convoitise d'un homme habitué à calculer juste. Elle valait plus que sa dot; son alliance était une affaire d'or.

Depuis ce moment, la volonté de Cécile fut brisée. Elle ne répondit ni oui ni non aux questions réitérées d'Honoriot et de sa femme; elle s'abandonna en victime, et s'anéantit dans la résignation. Cette sorte d'affaissement moral causa de la joie aux deux époux, égoïstes sans le savoir. En signe de réjouissance, ils donnèrent un bal que devait suivre un souper, où se décéleraient les fiançailles d'Édouard et de Cécile.

La réunion fut solennelle, et la future y parut vêtue de blanc, ceinte de bandelettes et couronnée de roses pâles; sa présence glaçait les invités. Mme Honoriot, vêtue de rose, ruisselante de pierreries, belle encore avec ses yeux brillants et ses épaules superbes, entreprit de lutter avec l'immobilité glaciale de son enfant. Elle fut trouvée ravissante; elle dansa avec les plus jeunes cavaliers, et, pour entretenir la joie, prodigua les faveurs. Son panégyrique était dans toutes les bouches, et, toutes les femmes l'enviant, on oubliait de plaindre sa fille. A la fin, la vivacité de l'orchestre, le mouvement des danses et l'éclat des parures secouèrent la torpeur de Cécile; elle se livra aux bras des danseurs, et se laissa entraîner dans la trombe fleurie et étincelante. Elle s'y étourdit avec fureur, et devint en quelques instants la plus ardente, la plus folle de tout le bal : Mme Honoriot en tressaillit de plaisir, et lui envoya Édouard, qui saisit avidement l'occasion, et fit sa déclaration avec une ferveur de sentiment surexcitée par le bruit et le mouvement de la danse. La foule s'agitait à l'unisson, et enlaçait les deux futurs dans ses chaînes brillantes et parfumées, quand un bris de vitres violent interrompit l'orchestre, dénoua les mains et jeta la panique dans toutes les têtes. Ce fut une clameur et une mêlée effroyable. Les pavés entrèrent dans le salon et blessèrent plusieurs personnes, hommes et femmes. Cécile reprit son calme et s'élança vers la fenêtre, l'ouvrit avec habileté, un flambeau à la main, et, se laissant voir à la foule dans tout l'éclat de sa beauté, arriva au moment où la troupe de furieux criait : « A bas Honoriot! à la Seine! à la lanterne! » La présence de Cécile fit tomber les pierres des mains, elle apaisa le tumulte par sa résolution, et ne bougea pas de son poste d'honneur que les émeutiers, confus, n'eussent commencé à circuler dans la rue et à laisser le passage libre. Quand elle eut rempli sa mission, elle se trouva seule avec Honoriot à ses pieds, sanglotant et demandant merci. La société s'était dispersée dans les appartements particuliers de l'hôtel, et, dès le premier moment, Édouard s'était esquivé. Cécile revint prodiguer des soins à ses blessés, dont les contusions et les atteintes étaient peu dangereuses. Elle se montra si grande et si forte, que tout le monde comprit, et Honoriot lui-même, qu'elle était vraiment et naturellement reine et maîtresse au milieu de tous, au salon, où elle consolait, comme dans la rue, où son seul regard exerçait un pouvoir magnétique sur la foule irritée. Le souper fut rompu, et chacun se retira morne et se perdant en conjectures sur la cause d'un événement aussi scandaleux et aussi déplorable.

Un attroupement sans importance s'était formé sous les fenêtres d'Honoriot, sur un bruit qui s'était répandu la veille dans la capitale. La cherté des grains avait été attribuée aux menées de ses agents, et le peuple, pris par la famine, faisait entendre ses premiers murmures.

Honoriot fut sombre et ne sortit pas de quelque temps. Il resta plongé dans les méditations les plus sérieuses, et commença à prendre son rôle public en considération; il lui vint à l'esprit que, dans sa position, il pourrait bien être responsable devant la foule de la bonne ou mauvaise fortune; il prit conseil de sa fille, qui profita heureusement de cette sage disposition, et la confirma dans l'esprit de son père. « Que ne consultez-vous Mathers? lui dit-elle. — Mathers! reprit Honoriot, j'y pensais; il pourrait nous suggérer une idée. Je ne l'ai pas vu depuis longtemps, il m'oublie. — C'est vous, mon père, qui êtes oublieux et ingrat envers lui. » Honoriot s'habilla, sortit, et se fit conduire chez Mathers. C'était la première fois qu'il mettait le pied dans le réduit du savant. Lucien avait ouvert la porte à Honoriot et l'avait conduit à son vieux maître, qui était abîmé dans une recherche scientifique au milieu des bouquins et des instruments de chimie. Leur surprise fut mutuelle quand Honoriot se jeta dans ses bras, avec cette exclamation partie du cœur. « Vous ici, Mathers! — Eh, mon Dieu! oui, cher Honoriot, reprit le savant, et je puis vous faire la même question. — Ah! fit le banquier en essuyant ses larmes, vous savez mes malheurs: le peuple est furieux contre moi, on en veut à mes jours, et je suis persuadé que toi-même, mon vieux, tu n'es pas éloigné de partager le sentiment de la foule. — Vous me jugez mal, reprit Mathers, je ne suis pas assez fou et assez inhumain pour exiger la réalisation brutale et instantanée de mes systèmes philosophiques. Je vous condamne souvent, mais je ne puis pas m'élever contre la légalité; avant d'attaquer votre personne, il faudrait attaquer la loi qui tolère des abus de votre pouvoir immodéré; jusqu'ici, vous êtes innocent. — Non, reprit le banquier avec une candeur de néophyte, je ne suis pas innocent tant que ma conscience peut me reprocher de n'avoir pas agi du mieux que j'aurais pu. J'aurais pu mieux faire, m'entourer d'hommes plus estimables, étendre à tous le bien que j'ai fait à quelques-uns; mais, Mathers, ces problèmes se résolvent facilement avec la plume, ils sont plus rebelles à la pratique; mettez-vous à ma place. »

Mathers donna un regard de tendresse à sa bibliothèque et à ses instruments. « Je ne changerais pas mon petit bagage de Bins pour tout l'or de Crésus. »

« Vous êtes égoïste à votre tour, dit le banquier; si, dans cet instant, vos lumières m'étaient nécessaires pour opérer le bien pratique, vous me les refuseriez et préféreriez vous abstraire dans ces spéculations de votre science stérile! — Hélas! hélas! dit Mathers avec soupirs et avec larmes, je suis trop vieux, il n'est plus temps. Vous voyez plus clair que moi dans le chaos de la finance. Jadis j'aurais pu, aidé par vous, être utile à mes semblables; mon rôle est joué. J'ai passé ma vie à regretter de vous voir vous isoler du progrès de la pensée humaine, et vous retrancher dans le souci de votre individualité. Que de fois ne vous ai-je pas averti! Vous me reprochiez mes utopies folles, vous prétendiez établir un *statu quo* en faveur de quelques privilégiés, vous vouliez arrêter la marche naturelle du monde et je vous disais : « Coupez le fil qui relie notre planète au système de la création, et vous obtiendrez le *statu quo*. » Vous traitiez mes paroles de billevesées. Je ne puis plus rien aujourd'hui, ma tâche est remplie. »

Honoriot ne voyait guère comment Mathers avait rempli sa tâche, et il se demandait en lui-même s'il n'avait pas affaire à un fou. Il fit une dernière tentative auprès de lui et le mit au pied du mur par l'abandon généreux qu'il fit en ses mains de tous ses moyens d'action. « Mathers, lui dit-il avec une sorte de solennité, prenez le timon de mes affaires; je n'aurai pas amassé injustement mes trésors, comme on me le reproche, si vous les appliquez au bonheur bien raisonné de l'humanité. » Mathers réfléchit encore et lui fit cette réponse simple avec une émotion visible: « Honoriot, vous grandissez à mes yeux; vous n'étiez que riche, intelligent et honnête, vous devenez grand et héroïque. Dans la disposition d'esprit où vous vous trouvez, nul n'est plus apte que vous à l'administration sage de vos biens; vous pourriez être le ministre des finances du monde, si le monde avait un gouvernement unique. Seulement un ministre comme vous a besoin de bons conseils. Le monde vous regarde, vous avez dans les mains une influence qui peut entraîner le salut ou la perte de la classe la plus nombreuse. Trouvez un homme qui vous dirige, cherchez de tous vos moyens un esprit élevé, droit et éclairé, pénétré du sentiment de la fraternité humaine; il faudrait voir réunis en une seule individualité Vincent de Paul et Newton. — La nature humaine n'a pas encore présenté de combinaison si heureuse, fit Honoriot. — Il y a des degrés, répondit Mathers, et on peut trouver des exemplaires plus imparfaits, mais encore très beaux, d'un type créé par l'imagination. Si vous teniez bien à en rencontrer un, je pourrais vous aider dans cette recherche. — Comment! vous connaîtriez un sujet de cette valeur? — Je vous ai dit que ma tâche était remplie. J'ai passé ma vie à former un homme, il est là près de nous. — C'est le jeune homme que j'ai vu en entrant? Il a l'air très-distingué, amenez-le dîner à la maison ce soir. »

Mathers appela Lucien, qui entra simplement et salua Honoriot avec beaucoup d'aisance. « Montrez-moi votre manuscrit. » Lucien se retira modestement. Honoriot lut le titre : *Essai d'économie générale*. Il lut ensuite : Dédié à... le nom était en blanc. « A Mathers, sans doute, reprit Honoriot. — Non, dit Mathers, le cœur de mon jeune ami est occupé par une autre image que la mienne, une image plus gracieuse. » Honoriot poussa un soupir et parut embarrassé. « Comment! son cœur est pris? C'est dommage.

— Dommage! fit Mathers, vous auriez pensé... — Eh
mon Dieu! oui » fit Honoriot. Mathers sauta au cou
de son camarade de collège et l'inonda de ses larmes
en laissant échapper cet aveu : « Il aime Cécile votre
fille, c'est pour cela que j'avais cessé de vous voir.
Le hasard les a fait se rencontrer de loin et s'aimer à
mon insu comme au vôtre.

— Elle l'aime, reprit Honoriot, Dieu soit loué! »
Puis il adressa quelques questions au vieux savant
sur la famille de Lucien et les antécédents qui l'avaient
décidé à se charger d'une mission aussi délicate.

Mathers montra la lettre du savant son ami, et,
après avoir donné tous les renseignements préliminaires, congédia Honoriot qui, en passant, baisa Lucien au front et se hâta de rentrer à son hôtel.

Il annonça deux convives et fit venir Cécile dans
son cabinet. « Mathers vient dîner avec nous, lui dit-il,
et nous amène un convive; faites-vous belle pour eux. »
Cécile sauta au cou et embrassa son père avec une
folâtrerie de petit agneau. Elle revint au bout de
quelques minutes avec sa robe la plus simple et couronnée de ses seuls cheveux. C'était sa plus belle pa-
rure. Honoriot l'approuva de l'œil et entra en confidence avec Mme Honoriot. La séance fut longue et
accidentée. L'orgueil financier et demi-aristocratique
de la grande dame se révolta et se redressa contre la
proposition du banquier; il fallut que ce dernier en
vînt aux raisonnements les plus pathétiques, à l'inti-
midation, aux prières et aux scènes conjugales les
plus tendres. Honoriot finit par triompher. La retraite
d'Édouard Godin avait facilité la victoire.

Le dîner fut attendu avec impatience. Lucien et Cécile n'étaient pas prévenus. Leur trouble fut visible
quand ils furent mis en présence par Mathers et par
les époux Honoriot. Lucien comprit tout ; Cécile fut
embarrassée et ne put retenir sa rougeur et ses larmes. On la ménagea discrètement et on alla au jardin
attendre le dîner. Mathers prit le bras de Mme Honoriot et Lucien offrit le sien à Cécile, elle suivit tremblante, et quand ils furent seuls Lucien rompit le
plus délicieux des silences par cette parole
simple : « Dieu veut que nous nous aimions, c'est lui
qui nous a réunis sans que je sache encore par quels
moyens. Ce matin j'ai vu votre père à la maison. » La
jeune fille ne pouvait répondre. « Seriez-vous un parent de M. Mathers? fit-elle discrètement. — Non, je
me nomme Lucien Boèce, je ne suis que son fils adoptif et son élève, dit Lucien. — Moi aussi, dit la jeune
fille, je lui dois d'avoir élevé mon cœur, et il n'a pas
trouvé de place plus haute que la vôtre. » Au moment
où elle murmurait cette phrase, un linot vint se poser devant ses yeux sur une branche d'épine fleurie
et entonna à pleine gorge son petit refrain amoureux.
Ils rentrèrent et l'on se mit à table. Le repas fut reli-
gieux, on n'y parla que de choses simples et douces
sans gêner les jeunes gens par des allusions banales
à leur tendresse. Après le dîner, Cécile fit de la musique; Lucien ouvrit son livre et en récita à haute
voix les passages les plus éloquents. Sa parole était
suave, son regard persuasif, son attitude simple et
grande. Cécile crut voir s'animer en lui un de ces

personnages divins qui ont dicté des lois à leurs frères et dont les noms sont gravés en lettres ineffaça-
bles dans la mémoire des générations. Au moment
de l'émotion la plus vive, Honoriot lui prit le livre de
ses mains, et demanda discrètement au jeune homme
confus : « Permettez-vous que j'écrive le nom de la
dédicace? » Lucien prit la plume lui-même et la ten-
dant à Cécile : « Mademoiselle, lui dit-il, si votre père
et votre mère consentent à ce que je vous offre en
hommage ma vie et mes faibles talents, veuillez écrire
votre nom à cette ligne blanche. » Cécile prit la plume,
la baisa et écrivit : Cécile Lucien. À la vue de ce nom
vulgaire, Mme Honoriot ne put retenir une larme
d'orgueil, Mathers la comprit et lui dit en lui baisant
la main avec une cordiale simplicité : « Madame,
vous immortalisez votre fortune; les Honoriot pas-
sent au rang des bienfaiteurs de l'humanité. »

Le mariage se célébra sans appareil; aussitôt après,
les deux jeunes époux se retirèrent en compagnie de Mathers dans une villa magnifique, au sein d'une vallée
solitaire. Là, sous la triple inspiration de la nature, de
l'amour et de l'amitié, Lucien acheva ses grands travaux. De jour en jour sa physionomie prend un caractère plus noble et plus sévère, et à côté de sa tête empreinte de majesté, se détache dans une pénombre
ravissante le profil gracieux et idéalisé de son Cécile.
Mathers revit dans ses enfants et attend le jour de la
gloire de Lucien pour s'endormir comme le vieillard Siméon après que ses yeux furent vus la révélation du Messie. Il ne parle à Lucien, son enfant adoptif, qu'avec une sorte de respect paternel. On lit sur
son visage l'expression du sentiment que devait
éprouver le vieux de Jussieu quand il venait se reposer sous les branches du cèdre qu'il avait tenu dans
sa main et arrosé de l'eau de sa soif pendant la pénu-
rie d'une longue traversée : « Ces rameaux couvri-
ront de leur ombre les générations quand je serai
couché dans mon sépulcre, mais mon nom vivra sur
l'écorce du cèdre.» Mme Honoriot le contemple souvent et en revient à sa première idée de la soirée :
décidément Mathers aurait pu être un homme ravissant. Elle épouse, avec son ancienne vivacité de co-
quette et son activité de femme du monde, les projets doux des trois solitaires. Elle et son mari vont
de temps en temps se rajeunir au contact de ces âmes
naïves et fortes. Après toutes les autres, la passion de
l'humanité s'est insinuée dans leurs cœurs, et Honoriot, l'homme pratique, songe à faire descendre à
l'application les rêveries des utopistes raisonnables.
Il attend la solution du problème cherché par Lucien pour se mettre à l'œuvre, il rêve de négocier un
nouvel emprunt dont le bénéfice le plus net pour lui
sera une immortalité glorieuse. Tout porte à espérer
que de ces éléments féconds, de cet amour et de ces
volontés réunies, il sortira quelque chose de grand
et d'utile. L'opinion s'en est répandue dans la capitale,
et le nom des Honoriot, un moment suspect à la foule,
est prononcé avec vénération en attendant que la réalisation de cette touchante utopie le consacre à côté
du nom de Lucien Boèce dans la mémoire des
hommes.

FIN D'HONORIOT.

PIERRE DUPONT

POÉSIES DIVERSES.

PRÉLUDE.

Prends ton manteau de laine et ton bâton noueux :
Laisse le foyer morne et le livre morose.
En route ! Que le ciel soit terne ou radieux,
Qu'il pleuve de l'eau grise ou des teintes de rose,
On est bien dans la chambre : en plein air on est mieux.
La mourante clarté, dont le tapis s'arrose,
Affaiblie au travers de tes rideaux soyeux,
Use et fait s'alanguir le regard qui s'y pose
Ton jarret de chamois et les souliers ferrés
T'ouvriront des chemins où trembleraient les mules.
Va chercher l'idéal sur les monts azurés
Où les aigles de l'air seront seuls tes émules :
Mais de peur qu'une fois lancé tu ne recules,
Songe à ceux qu'avant toi le Sphinx a dévorés.

LE MARI.

Madame, je le sais, de tout temps on a ri
De cet être bénin qu'on appelle mari,
Et je ne puis cacher sous des feuilles de lierre
Les ramures de cerf dont l'afflubla Molière,

Paris.—Imprimerie Walder, rue Bonaparte, 44.

Molière qui le fut mari des mieux nommés.
Voilà pourquoi mon cœur les a toujours aimés.
Vous ne savez donc pas quel horrible martyre
Cet homme de génie a caché sous le rire ?
Il fut victime aussi. Pourtant nous ne voyons
Sur son front glorieux que d'immortels rayons.
Si les défunts pouvaient secouer cette terre
Qui les couvre, et, la nuit, venir avec mystère
Visiter notre monde, à l'heure où l'on s'endort,
Une ombre, s'arrachant au sommeil de la mort,
Reviendrait, ô Molière ! au pied de ta statue
S'agenouiller, et là, de douleur abattue,
Suffoquant de sanglots, n'osant lever les yeux,
Faire amende honorable au mari malheureux.
Si vous découvrez là trace d'ignominie,
Est-elle empreinte au front de l'homme de génie ?
Aurait-il devant nous à baisser le regard ?
Devons-nous accuser ou Molière ou Béjart ?
Un tel mari suffit pour que toute la race,
Par lui justifiée, à vos yeux trouve grâce.
Ah ! n'accusez pas trop les maris... vous savez,
Ou vous ne savez pas tout ce que vous pouvez ;
Il dépendrait de vous qu'ils fussent des modèles ;
Vos yeux ont des secrets de les rendre fidèles.
Demandez aux miroirs, sincères confidents,
Si le rire enchanteur qui laisse voir vos dents,
Si vos cheveux noués qu'un caprice dénoue,
S'il la fleur de jeunesse éclose à votre joue,

2

Si le profil antique et le front de penseur,
Si vos traits où respire une forte douceur,
Votre blancheur qui lutte avec celle des cygnes,
La grâce des contours et l'idéal des lignes
Ne pourraient pas changer vos glacials maris,
Dont il vous plaît de rire, en Roméos épris,
Qui, sans avoir besoin d'entrer par la fenêtre,
Vous aimeraient autant, plus sûrement peut-être.
Oh ! quels charmants liens, qu'ils ne sauraient briser,
Vous formeriez d'un mot, d'un regard, d'un baiser !
Il est plus d'un mari dont l'âme en secret brûle,
Qui n'ose l'avouer, craignant le ridicule.
Un pasteur de seize ans est plus audacieux,
Quand, la première fois, blessé par les doux yeux
D'une brune glaneuse, il l'attend, il l'épie,
En s'accusant tout bas, et, d'une lèvre impie,
Sollicite, en dépit de ses pleurs simulés,
Un baiser qu'elle cède à l'ombre des grands blés.
C'est que souvent l'épouse est rigoureuse et fière :
Elle veut que l'époux s'abaisse à la prière,
Qu'il ploie et s'humilie ; un mari toutefois
Dans ce chapitre à deux doit maintenir sa voix.
Vénérez le mari tel qu'au moins je le rêve,
Ce n'est pas un Adam lascivé par son Ève,
Un Samson qui s'endort et livre ses cheveux ;
C'est un homme de cœur qui sait dire : Je veux,
Mais qui ne prétend pas forcer l'obéissance,
Assuré que l'amour se rit de la puissance.
C'est la tête et le bras, c'est le fier et le fort ;
Dans cette vie à deux, il prend pour lui l'effort
Et laisse le repos à sa moitié chérie.
Il est le mâle enfin : quand la femelle crie
Et dénonce un danger, il accourt frémissant,
Prêt à fondre, à lutter, à mêler dans son sang
Le sang de l'ennemi. Quelle ardeur l'aiguillonne !
On dirait un lion qui défend sa lionne.
Mais, après le combat, c'est un enfant soumis ;
Qu'a-t-il fait des lauriers ? Voyez ! Il les a mis
Aux pieds de son épouse... Elle qui le relève,
Lui dit tremblante encor : « Ne tirez plus le glaive !
« En des labeurs si grands vos jours sont exposés :
« Si la mort vous allait ravir à mes baisers ! »
Mais l'époux lui répond : Ai-je senti mes peines ?
La flamme de vos yeux bouillonnait dans mes veines.
Un sage époux prévient de funestes discords.
Il ne s'inquiétant que des soins du dehors,
Pendant que la maison, sagement gouvernée
Par l'épouse, est joyeuse et resplendit ornée,
Les sillons remués font reluire le sol,
Où la ronce en rampant s'entrelaçait au roc,
On voit se balancer une naissante vigne
Qui, l'automne prochain, si la grêle est bénigne,
Brunira la colline, et, de ses fruits nouveaux,
Rompra la vieille cuve et les jeunes cerveaux.
Pendant que, retirée au sein de la famille,
L'épouse qui se plaît au travail de l'aiguille,
Dans les coffres brunis, légués par les aïeux,
Visite chaque toile et des doigts et des yeux,
L'époux toujours actif, sur la plaine enflammée,
Préside vaillamment aux labeurs d'une armée,
Ou, dans son cabinet, d'où le conseil a fui,
Combat avec sa plume, autre épée aujourd'hui.
Quand viennent les enfants, la mère les allaite ;
La femme les ébauche et l'homme les complète.

Il les sèvre du lait, et, pour chauffer leur cœur,
Leur apprend à goûter le vin pur de l'honneur.
Vous riez des maris, et vous êtes chrétiennes !
Vous êtes au-dessous même des mœurs païennes.
Les poètes païens ont chanté le mari,
Mais tous les vieux respects tour à tour ont péri.
Ulysse et Pénélope ont fui votre pensée
Et vous vous ennuyez sans doute à l'Odyssée.
Cependant il est beau qu'après mille tourments,
Retrouvant Pénélope au milieu des amants,
Ulysse mendiant soit reconnu par elle,
Abatte ses rivaux et l'embrasse fidèle.

Heureux l'étang qui dort et le fer insensible,
La neige froide et mate et le gazon des champs !
Heureux ceux dont le cœur n'est pas, comme une cible,
    En butte aux flèches des méchants !

Heureux l'oiseau qui suit d'une aile prévoyante
Les traces du printemps, le Zéphire et les fleurs !
Heureux qui, le matin, sagement s'oriente
    Et fait ainsi des jours meilleurs !

Heureux qui met son nid au fond d'une vallée,
Comme le rossignol dans un feuillage épais,
Et doucement préfère à l'ardente mêlée
    L'insouciance de la paix !

Heureux qui se complaît avec sa bien-aimée
Dans une ombre où l'amour jette seul sa lueur,
Buvant comme un doux vin son haleine embaumée,
    Et comme endormi sur son cœur !

Pourvu qu'en son alcôve à tous les bruits bien close
Rien ne trouble d'un lys ses amoureux transports :
En bas le pauvre souffre, et quelquefois il ose
    Se faire entendre du dehors.

FÊTE D'UNE JEUNE FILLE.

Hier, quand je voyais simplement assemblés
Autour de la couchette où dort la jeune fille
Les présents des amis et ceux de la famille,
J'effeuillais en esprit tous les bluets des blés ;
Entre les fleurs des caps, des continents, des îles,
J'aurais voulu choisir les couleurs, les parfums
Pour son front virginal et pour ses cheveux bruns.
Mon espoir s'épuisait en désirs inutiles.
Mais dans l'ombre une voix m'a parlé cette nuit,
Qui m'a fait oublier mes rêves de poésie :
Elle disait : Aux champs, comme au ciel, tout la fête :
La rose qui s'entr'ouvre et l'étoile qui luit,
Les feux ou les lueurs dont l'azur étincelle,
Les chansons des oiseaux, des ruisseaux et du vent,

Tous les bruits variés qu'elle écoute en rêvant,
Tout fleurit, tout rayonne et tout chante pour elle;
Car Dieu l'a faite artiste, et tout ce qu'elle entend
A des échos en elle, et tout ce qu'elle admire
Dans l'ombre de son cœur vibre comme une lyre.
On la voit s'égarer tout le jour méditant;
Dans ses accents naïfs la nature est vivante,
On croit être au désert, au bord des lacs dormants;
On croit ouïr la voix des rossignols aimants,
Quand son clavier frémit et quand son âme chante.

L'ÉVEIL.

Dans le bois qui s'effeuille auprès des Tuileries,
Des plumes de colombe et des feuilles flétries
S'en allaient au hasard, vestiges oubliés
Du printemps qui s'envole et d'un amour qui passe.
Le vent parlait, sa voix me dit tout bas : Ramasse
Une plume à tes pieds.

Et quand les douze sœurs sombres et solennelles,
S'envolant des clochers, feront vibrer leurs ailes
Dans l'air vif à minuit, en ta demeure enclos,
Jusqu'à ce que ta vitre à l'orient s'allume,
Laisse tes vers sans art s'écouler de ta plume
Pressés comme des flots.

J'obéis à la voix : la plume vagabonde
Laisse pendant la nuit ruisseler comme une onde
Ces vers capricieux que je n'ai pas relus :
Adieu, vertus du ciel qu'on nomme surannées;
Amour, Foi, Poésie, ô fleurs trop tôt fanées,
Vous n'êtes déjà plus!

Hier, vous fleurissiez... Le fer, brisant vos tiges,
Aux luttes des autans a livré leurs vestiges :
Sur le penchant des monts l'œil du rêveur les suit
Éparpillés, broyés sous les pas de la foule.
Faut-il que toute feuille ici-bas tombe et roule
Vers l'éternelle nuit!

L'épanouissement, le printemps fut superbe :
Des arbres vigoureux s'élançaient en pleine herbe,
Pourpres de fraîches fleurs et de fruits d'or chargés;
Les poëtes heureux y suspendaient leurs lyres
Qui rendaient leurs accords au toucher des zéphires.
Les temps sont bien changés.

Ces jours dorés et clairs ont passé comme un rêve.
Le feuillage et les fruits ont dévoré la sève;
Aux rameaux desséchés la lyre pend toujours;
Mais si le vent d'automne en se plaignant l'effleure,
Elle rend un son triste et toujours elle pleure
Sur d'anciennes amours.

Assez de longs soupirs et de notes plaintives,
D'intimes désespoirs et de larmes furtives.

Vienne plutôt l'hiver, charriant les glaçons,
Assombrir les douleurs dont la foule se lasse!
Plus tard le doux printemps, faisant fondre la glace,
Nous rendra les chansons.

O Muses, secouez vos ailes engourdies,
De vos étroits vallons élancez-vous hardies
Sur cette plaine ouverte où siffle la vapeur.
Je sais que l'hippogriffe à l'haleine enflammée
Vomit sur son chemin des torrents de fumée
Et qu'il mugit à faire peur.

Doux anges! vous craignez qu'il ne froisse vos ailes!
Mais voyez tous les jours combien de beautés frêles
Osent lui confier leurs plus frêles trésors,
Leurs enfants, au péril insultant par leur joie,
Tous leurs péchés mignons, leurs vêtements de soie,
Leurs âmes, leurs beaux corps!

Le monde, sur ces rails, court à la découverte,
En un désert nouveau, de quelque oasis verte
Où les hommes unis se puissent reposer
Et boire enfin l'oubli de leur querelle antique.
Muses, préparez-vous à chanter le cantique
Du fraternel baiser!

HEVA.

J'ai rêvé des tiges écloses
Où, sous les baisers du Zéphir,
Feuillages verts et boutons roses
S'épanouissaient à plaisir;
J'ai rêvé les nuits attiédies
Où montent solennellement
Des bois obscurs les mélodies
Du rossignol plaintif aimant;
J'ai rêvé : c'était un doux rêve
Que Dieu tirait de mon côté,
Comme il fit pour Adam. une Ève
Née en sa fleur de puberté;
Une Ève des mains de Dieu même,
Souple et vive comme l'oiseau,
Et non pas immobile et blême
Comme les filles du ciseau.
En un seul corps toutes les grâces,
En deux yeux toutes les douceurs
Que recherchent les âmes lasses
Des artistes et des penseurs.
Sa chevelure brune ou blonde,
De ses longs réseaux déliés,
L'enveloppait et, comme une onde,
Tombait ruisselante à ses pieds.
Jamais eau bleue et transparente,
Attirant sur ses bords discrets
La nymphe ou la déesse errante,
Ne voila de plus doux attraits.
Sa taille était comme une vigne;
Le sein, frissonnant au toucher,

Mêlait à la blancheur du cygne
La rougeur des fleurs du pêcher.
Ses yeux, rayons de vive flamme,
Faiblement voilés par leurs cils,
Perçaient la neige de mon âme,
Que charmaient de si doux périls.
Pendant que, tout hors de moi-même,
Je restais à la contempler,
Sa voix murmura : Je vous aime !
Je l'entends encore parler.
Nuls sons humains ne peuvent rendre
L'enchantement de cette voix.
Ah ! je ne puis plus vous entendre,
Doux rossignols, charmes des bois !
Depuis ce rêve, cher mensonge,
Mon âme est fermée au désir ;
O forme idéale du songe,
Pourquoi n'ai-je pu te saisir ?
Et d'où vient qu'auprès des plus belles,
Qui me laissent insoucieux,
Mon cœur voudrait avoir des ailes,
Afin de s'envoler aux cieux ?

A LA POÉSIE LÉGÈRE DE PRADIER.

Muse du chant facile et des rhythmes légers,
Ton corps souple varie à l'infini ses poses ;
De l'étroit brodequin tes beaux pieds dégagés
Foulent comme au hasard les lauriers et les roses ;
Sous le poids des cheveux et des fleurs en faisceau,
Ton front penche en arrière avec une mollesse
Que n'avait pas trouvée encore le ciseau,
Et fait ressortir mieux ton profil de déesse.
Ton bras droit s'arrondit et, tout négligemment,
Livre une de tes mains au geste de la danse,
Cependant que sa sœur caresse l'instrument
Dont les sept cordes d'or attendent en silence.
Laissant à l'abandon, à peine retenus,
Flotter ses mille plis sur ses blanches épaules,
Ton voile aux yeux ardents étale tes seins nus,
Et la taille et les reins svelte comme les saules.
Quelle grâce puissante et quelle âpreté !
Les fruits les plus vermeils, les raisins et la pêche
N'ont pas, une fois mûrs, cet éclat velouté ;
L'agneau bondit moins vif au sortir de la crèche.
Dis-moi, fille de l'air, es-tu née un matin,
Comme le lis d'argent et la rose pourprée,
Sans que nul œil n'ait pu, dans l'antre du destin,
Surprendre jour jour ta grâce élaborée ?
Qui le saura jamais ? Pareille à ces deux fleurs,
Tu te fais une cour d'amants et de poëtes ;
S'il murmure à tes pieds de nombreux querelleurs,
C'est que tous te voudraient attirer à leurs fêtes.
Résiste, ô belle Muse ; entre tous les rejas,
Choisis ceux où préside une sagesse folle :
Ne va point égarer le rhythme de tes pas
Sous les lambris où rampe une lourde parole ;
Rappelle où tu seras l'atticisme oublié,
Et ne menace point, rieuse poésie,

L'épigramme cuisante au vice pallié,
Qui se rengorge, fier, dans son hypocrisie.
Mais, avant de monter sur quelque socle étroit,
Descends du piédestal et daigne m'apparaître ;
Viens dans les bois le jour, et la nuit sous mon toit,
M'apprendre en un baiser le secret de ton maître.

LE DIAMANT.

La panthère Déa tourmentait sous ses griffes
L'un de nos plus vaillants : or, ces hiéroglyphes
Furent tracés un soir, chez elle, sur vélin,
On ne sait pas comment, par quel esprit malin.
Déa, votre beauté rappelle les déesses,
Mais vous êtes cruelle autant que les tigresses.
Il se traîne à vos pieds un homme fier et beau
Dont vous daignez au plus haïve votre escabeau ;
Vous souffrez (et pour vous c'est un effort extrême)
Qu'il admire tout bas : vous défendez qu'il aime.
Vos pieds laissent tomber les mules de velours,
Et luisent au soleil ; vos cheveux longs et lourds
Errent à l'abandon, échappés à l'ivoire,
De l'épaule au sein nu, libre aussi de la moire.
Depuis que l'onde coule, aucun flot azuré
N'a frémi caressant sur un corps plus nacré ;
Nul ciseau n'a poli forme plus idéale.
Mais avec quel dédain votre beauté s'étale !
Vous oubliez, Déa ! qu'en ce coin isolé
Tout le faste du monde est pour vous assemblé,
Tout ce que le soleil fait germer et colore :
Depuis les simples fleurs, ces perles de l'Aurore,
Écloses chaque jour ou bien chaque cent ans
Pour faire à votre œil sombre un immortel printemps,
Jusqu'aux perles des mers, jusqu'aux coraux bizarres
Dont l'incarnat ajoute à vos blancheurs si rares,
Jusques aux purs métaux dont l'œil est embrasé,
Jusques au diamant rayon cristallisé.
La laine sous vos pas fleurit, et vos tentures
Étalent aux regards de splendides peintures ;
Vos meubles, d'un travail dont le secret se perd,
Où s'incruste la nacre au reflet rose et vert,
Et l'éléphant poli dans le royal ébène
Ou dans le bois de rose à la suave haleine,
Supportent cent objets qui tous, pierre ou métal,
Sous des contours finis font palper l'idéal.
Tout cela se nuance, ou s'oppose, ou flamboie
Dans un jour empourpré par vos rideaux de soie,
Pêle-mêle charmant que les sueurs de tous,
Le soleil, l'univers ont arrangé pour vous :
Des bronzes, des onyx et mille orfèvreries ;
Des vases du Japon où dansent des féeries ;
La pendule de Boule et le vieux sablier,
La coupe d'or massif d'un ancien chevalier ;
Livres scellés d'argent, chargés d'enluminures,
Dont les vieux maroquins, exquises reliures,
A la tranche dorée opposent le carmin,
L'azur ou l'émeraude, et parfument la main ;

Poignards, bijoux coquets, à n'en voir que le manche,
D'où sort plus froid à l'œil la lame terne et blanche ;
Flacons dont la liqueur éveille la raison
Ou par degré l'endort, élixir ou poison;
Tout ce qui peut servir au drame de la vie
Est là, mais n'emplit point votre âme inassouvie.
Ah ! détournez votre œil vers cet homme si fier
Dont vous avez ployé si bien l'âme de fer
Qu'il en est là tout morne et sanglote, et supplie
Qu'on ait, par passe-temps, égard à sa folie.
Si vous le regardiez, vous le trouveriez beau ;
Sur son front le génie allume son flambeau,
Son cœur bat rudement sa poitrine d'athlète ;
Sous cet amant peut-être il sommeille un poète !
Si vous pouviez ! un mot de l'âme murmuré
Serait comme un brandon invisible et sacré
Qui, soudain prenant feu dans cette âme engourdie,
Y ferait éclater un sublime incendie.
Pendant que ces damas, ces objets précieux,
Empruntant son reflet à la pourpre des cieux,
Encadrent noblement, baigné de clarté rose,
Son front mélancolique et noble dans sa pose;
Pendant que pour lui-même implacable vautour
Il déchire le flanc où brûle votre amour,
D'une main convulsive, hélas ! et toute prête,
Si vous demeurez sourde, à lui briser la tête,
Où va votre pensée, où tendent vos regards
Ternes comme l'acier de vos riches poignards?
Déa, vos blanches dents, de leur nacre incisive,
Creusent dans votre lèvre une blessure vive.
Quelle ardeur vous travaille et brûle votre sang ?
Quel aveugle désir mourant ou renaissant
Dans votre sein glacé dévore votre folie
Et fait votre âme close à l'amoureuse joie ?
Nourririez-vous en vous de ces tristes amours
Qui, pour se donner, tranchent le fil des jours?
Trônes, abaissez-vous! Monts, croulez dans les plaines!
Terre, découvre à nu tes mines souterraines!
Fleuves, rejetez l'or qui roule au fond des eaux !
Mer, vomis de ton sein les perles, les coraux !
Quel empereur, quel roi, quel océan, quel fleuve,
Quel gouffre a le trésor qui rend son âme veuve
Et retient prisonnier son invisible amant ?
Que rêve-t-elle ? O honte! un plus beau diamant.
Lève-toi, courtisane ! et tends ta main de glace
Au captif éperdu qui baise et mord ta trace,
Emmène-le joyeux, sous ton bras, dans les bois
Où, comme un cerf traqué, l'hiver meurt aux abois.
Je sais une vallée amoureuse et fleurie
Où le doux renouveau mène sa rêverie
Le long des prés en fleurs, sous les bois reverdis,
Au bord d'un étang bleu... C'est un vrai paradis.
L'amour, sous mille aspects, y chante et s'y révèle,
Dans l'aubépine éclose et dans la tourterelle,
Dans les diverses fleurs, dans les divers oiseaux,
Dans les tressaillements de la terre et des eaux.
Allez-y, couple heureux, les mains entrelacées,
Mettant à l'unisson vos rivales pensées,
Vous, Déa, consentant à nommer votre roi,
L'amant qui sous vos pieds tressaille et meurt d'effroi,
Et lui, puisant la force, en ce bonheur intime,
D'éterniser vos noms dans une belle rime.
Attendez, ô Déa, que le jour baisse un peu,
Que l'étoile du soir ouvre son œil de feu,

Que la belle de jour tombe enivrée et bleue,
Que le rossignol chante, et dites-vous : Je t'aime !
L'un à l'autre, tous deux, ô doux ravissement !
C'est le bonheur, Déa! c'est votre diamant.

A MADAME L....

Si j'étais un pêcheur, l'œil fixé sur les eaux,
Je serais tout un jour blotti dans les roseaux,
Pour vous porter, le soir, l'hommage de ma pêche :
Si j'avais des chevreaux bondissant dans ma crèche,
Un couple des plus vifs, sous vos yeux apporté,
Vous paierait en jouant votre hospitalité ;
Si j'avais un fruitier, une serre, des cages,
Vous auriez à choisir, entre mille messages,
Le goût et les parfums, les couleurs et les voix ;
Si j'avais un fusil, des chiens et de grands bois,
Il vous faudrait, le soir, saluer avec grâce,
Accoudée au balcon, le retour de ma chasse.
Mais à quoi bon rêver? Quel que soit mon désir
De n'être point ingrat, je n'ai pas à choisir :
Entre les quatre murs de ma chère mansarde,
Des carreaux au plancher vainement je regarde,
Je ne possède rien, je crois, dans l'univers
Que la table où j'écris, pour m'acquitter, ces vers.

LE RIMEUR.

La neige craque et brille, et les trames d'argent
Sous les feux du soleil jettent moins d'étincelles.
Chacun craignant du froid les morsures cruelles,
S'enclôt et s'enveloppe, excepté l'indigent.
Je plains le rimailleur dont la porte est mal close
Et dont la cheminée est un froid soupirail,
Qui sous ses draps glacés s'enveloppe et qui n'ose
Secouer la torpeur pour vaquer au travail.
Le malheureux se croit un penseur, un poète,
Pour avoir soupiré comme tous les oiseaux,
Pour des vers de printemps fleuris au bord des eaux,
Dans la saison de vie où tout chante et végète.
Est-on poète, hélas ! quand un rien vous endort,
Quand on reste six mois et neuf mois sans idée,
Pour le chaud, pour le froid ou pour le vent trop fort,
Hier pour un brouillard, demain pour une ondée?
Quand rien ne peut ravir aux frimas meurtriers
Le feuillage vulgaire et les plantes frileuses,
O Parnasse, ô Liban, vos deux crêtes neigeuses
Étalent toujours verts le cèdre et les lauriers!
Que penser du rimeur grelottant sur sa couche,
Qui, regardant le givre à sa vitre fleurir,
Sent le ruisseau de vers se glacer à sa bouche,
Et dort jusqu'en avril? Dormir trop, c'est mourir ?

Allons, sors de ton lit, et prends tes paperasses,
Tes doux vers déjà morts, pêle-mêle entassés !
Fais du tout un grand feu pour tes membres glacés :
Poète ! ce sera sacrifier aux Grâces.
Mais n'a-t-il pas cru voir un cortége charmant,
Qu'il a pris pour le chœur des neuf sœurs, le perfide !
Sa vision lui crie : « Attendez un moment,
« Virgile voulut bien brûler son Énéide ! »
Il le voulait, la Muse a dû l'en empêcher ;
Avant qu'il eût réduit ce monument en cendre,
On eût vu des sommets le chœur sacré descendre,
Et d'un torrent de pleurs éteindre le bûcher.
L'Énéide survit à ses regrets célèbres.
L'œuvre qui lui fit craindre un immortel affront
Forme, quoique par lui dévouée aux ténèbres,
L'homérique splendeur dont rayonne son front.
Penses-tu donc qu'à l'heure où le rimeur succombe,
Ton nom sera de ceux, harmonieux et doux,
Qui voltigent ailé sur les lèvres de tous ;
Qu'un éternel laurier verdira sur la tombe !
Hélas ! sans avoir pu, malgré tous tes efforts,
Élever ta misère au rang d'une infortune,
Tu seras confondu dans la foule des morts
Dont les ossements vont à la fosse commune.

A UN VIEUX POÈTE, LUI EN PRÉSENTANT UN JEUNE.

O mes amis, dînons pendant que le bois flambe,
Dégustons saintement les mets et le vin vieux,
Raillons les dieux anciens que nous jouons sous jambe,
        Buveurs demi-dieux.

Filles du vieux Régnier, Épicure et Lucrèce
Te regardent d'en haut et t'invitent de l'œil
A mêler dans tes vers la souffrance à l'ivresse
        Et le rire au deuil.

Chante le vin, l'amour, la cruauté des Parques,
Et peins de tes couleurs ces folles de leurs corps
Qui vont, au fil de l'eau abandonnant leurs barques,
        Embrasser les morts.

Écoute par instant, lorsque l'ennui te gagne,
Pour te désennuyer, mon chant rude et rêveur,
Qui tantôt du vallon, tantôt de la montagne
        Garde la saveur ;

Et tends au jeune ami qui nous invite à boire
Une main fraternelle, afin que d'aujourd'hui,
Ayant déjà reçu les arrhes de la gloire,
        Il marche et soit lui.

LE MIROIR.

Notre premier amour est une glace pure
Qui reflète à nos yeux une seule figure,
Celle que nous aimons dans sa simplicité,
Comme le lis dans l'herbe et l'oiseau sur la branche.
Que cet amour se heurte à la réalité,
Que le miroir se brise !... adieu la forme blanche,
Et le type charmant dans l'âme reflété ;
On ne ressaisit plus l'idéal indocile,
Non plus que vol de flèche ou sillon de vaisseaux !
Au lieu d'une figure il en apparaît mille,
Autant que le miroir a laissé de morceaux.

LE CABARET DE VILLAGE.

Un promeneur des bois, des vallons et des plaines
Marchait depuis le jour, aspirant les haleines
Des herbes et des fleurs, des arbres et des blés ;
Du milieu des sillons roux et bariolés
Un rude paysan ridé par les années,
Cuit comme un vase au four au feu de ses journées,
Tourne la tête au bruit que fait le promeneur,
Et dit, l'interpellant d'un ton demi railleur :
« Si monsieur avait soif après sa longue course,
Il ne sortira pas de ces blés une source,
Et un gourde est à sec ; il ne reste au besoin ?
Que le bouchon de houx du village voisin. »
Le passant accueillit cette gaie ouverture,
Et, soit distraction, soit esprit d'aventure,
Offrit au paysan de venir coups sur coups
Vider un ou deux brocs à la Branche de Houx.
Les voilà donc jasant et, sans plus d'insistance,
Entrant au cabaret pour faire connaissance.
Tout le monde au village a vu des cabarets ;
Celui-là simplement orné de pampres frais,
Avec liserons bleus et rose purpurine,
N'attirait les chalands que par sa bonne mine,
Et la branche de houx pendue au front de l'huis :
Au dedans, quatre murs fraîchement recrépis ;
On y voit d'Épinal briller l'enluminure :
Le Juif errant, la Vierge et mainte portraiture.
La mère hôtesse, assise à son comptoir d'étain,
Le visage allumé par le reflet du vin,
Accueille sans bouger ses hôtes d'un sourire,
Et, quittant son rouet sans se le faire dire,
Sa fille, jeune, accorte, un éclair dans les yeux,
Demande ce qu'il faut servir à ces messieurs.
« Du meilleur, s'il vous plaît, glorifions la vigne ! »
Dit notre promeneur en prenant son air digne.
Or je le nomme Paul, pour aider et discourir,
Et le paysan Trink, les noms seront plus courts.
Paul rappelle un prêcheur, Trink remet en mémoire
Le plus grand de tous ceux qui prônèrent le boire.
Et comme un cheval boit volontiers au relais,
Relayons et trinquons : Au divin Rabelais !
Sa mine socratique et sa limpide œillade

Excitent à verser à plein bord la rasade,
A la boire d'un trait, à rire des cagots,
A sauter d'un seul bond au-dessus des fagots,
A savoir y tailler, au besoin, une trique,
Plutôt que de laisser brûler un hérétique.
La fille de l'auberge apporte à nos buveurs
L'excellent vin clairet de Bourgogne ou d'ailleurs
Dont on boit coups sur coups; elle, pendant qu'on jase,
Du bruit de son rouet accompagne à phrase.

TRINK.

Que faites-vous pour vivre? Avez-vous un métier?
Etes-vous commerçant, avocat ou rentier?
Vos doigts de petit-lait n'annoncent pas un homme
Qui s'échine aussi dru qu'une bête de somme;
Mon bras est un cordage, et regardez ma main,
Sentez-vous cette peau? c'est comme un parchemin.

PAUL.

Aïe! aïe! on sent moulu d'une étreinte aussi forte,
Vos doigts joignent serré comme des gonds de porte,
Comme vis de pressoir et comme dents d'étau;
Votre main doit frapper aussi lourd qu'un marteau.

TRINK.

C'est qu'avant de toucher la charrue ou la herse
Nous sommes déjà durs; d'enfance on nous exerce
A gagner notre pain avec nos bras maigris,
Et comme les poussins de poule ou de perdrix
Trouvent à se nourrir en brisant la coquille,
Nous ne sommes jamais à charge à la famille.

PAUL.

Ceci me poinct au cœur et me fait envier,
Hélas! d'être né fils de manœuvre ou bouvier;
J'aurais été nourri dans ce rude exercice
Qui fait le corps dispos et plus libre du vice.
Quelle molle acabit vous font les précepteurs!
Ils augmentent en nous les mauvaises humeurs,
Appauvrissent le sang et le tournent en bile
Avec leurs alambics de science inutile.
La fleur du caractère entre leurs mains périt;
Vous sortez de chez eux, le vague dans l'esprit,
Prêts à tout, bons à rien, hautains, pleins d'artifices,
Sans amour et roués avant d'être novices.
Ils éteignent l'amour, ce foyer, ce flambeau.
Sur la vérité pure ils mettent le boisseau.
Au lieu d'organiser par la mathématique
Un être d'un seul jet, théorique et pratique,
De faire les cerveaux régulateurs des bras,
D'ajuster à la main l'équerre et le compas,
De sorte que l'enfant au sortir de l'école
Puisse régir le vent comme l'antique Éole,
Mesurer les degrés du pôle à l'équateur,
Peser l'air, condenser, diriger la vapeur;
Au lieu de révéler aux âmes instinctives
Des éléments connus les forces attractives,
De faire étudier les couches de terrain
Qui font pousser le bois, qui fécondent le grain;
Au lieu d'initier aux secrets de la vie,
Mère toujours féconde, amante inassouvie,
Les cœurs entreprenants, les esprits curieux,
Ils fabriquent des moines et des ambitieux,
Des dons Juans sans grandeur, nourris à la brochette,
Qui vont dans les boudoirs jouer à la cachette.

Guetter une aventure, une croix, un cordon
Et cueillir des lauriers sur le mol édredon;
Au lieu de montrer Dieu dans la sphère finie
Où chaque molécule éveille une harmonie,
Ils vous lancent d'abord en un flux et reflux
De spéculations où l'on ne s'entend plus;
C'est le moi, le non-moi, l'incréé, la matière;...
D'autres vous font passer votre temps en prière,
Vous révèlent comment la grâce se produit,
Met une âme en clarté, la plonge dans la nuit...
Au diable ces docteurs d'ânerie émérite,
Pipeurs grecs ou latins et donneurs d'eau bénite!
Nous sortons de leurs mains fourbus, et sommes bons,
Au lieu de travailler, à faire des sermons.

TRINK.

Eh! mon petit poulet videz çà votre verre
Que je vois toujours plein; ce serait bien à faire,
Quand on parle si chaud de latin et de grec,
Pour s'éclaircir la voix, de boire un peu plus sec.

PAUL.

Est-ce moi qui pourrais ici vous tenir tête,
A vous que le travail met en santé parfaite?
Nous gens efféminés, nous toussons, nous crachons
Pour sentir seulement l'odeur de vos bouchons.
Quand l'homme a travaillé, la vigne l'électrise;
Mais quand il ne fait rien, l'odeur du vin le grise,
Obscurcit sa raison, et, pour son châtiment,
Fait voir à tous les yeux son abrutissement.

TRINK.

Vous ne vous flattez pas, j'aime votre manière;
Mais, vous n'en êtes point à vivre sans rien faire:
Vous savez travailler autrement que des mains?
Vous avez des soucis, des calculs et des soins,
Vous n'êtes pas un sot, un homme de ripaille,
Un gueux, un propre à rien; votre tête travaille.
Ces deux yeux pétillants sont vifs quoiqu'indécis,
Vous logez quelque chose entre ces deux sourcils;
Pour faire son chemin, il ne faut qu'une idée,
Quand on a la jument, elle est bientôt bridée.

PAUL.

Paysan, paysan, vous calculez toujours.

TRINK.

Le ciel calcule bien le nombre de nos jours.

PAUL.

Combien d'heures, hélas! s'en vont dans la grande ombre
Dont l'homme inoccupé ne connaît pas le nombre!
Le fermier, chaque soir, viendrait dire: Comptons,
Comme fait un berger rappelant ses moutons,
Qu'il en trouverait peu par le travail marquées.
Le loup prend les brebis qui ne sont point parquées.
Les heures de l'oisif sont en proie au matin
Qui devore la vie et hâte son déclin.
Puisque le temps est court, que les roses sont brèves,
Il ne faut point nous perdre en inutiles rêves;
J'ai des regrets cuisants dans la vie, et j'ai peur
De ne point faire assez pour un homme de cœur;
Finissons-en, je rêve et je chante pour vivre;
Si j'ai quelque loisir, j'essaie à faire un livre.

Le Cabaret de village.

TRINK.

Vous gagnez votre vie à faire des chansons
Et des écrits; ma foi! si j'avais des garçons,
Je ne leur mettrais point cet outil dans la tête.
C'est là ce qu'on appelle en français un poète!
Je n'en connaissais point et c'est vous le premier:
On vous a fait choisir un drôle de métier;
Voyons, bon an, mal an, combien cela rapporte?

PAUL.

Je suis au pied du mur, la question est forte;
Tierce, quarte, d'aplomb, sauvez le point d'honneur!
La botte est bien portée, et j'ai la pointe au cœur.

Là-dessus, Paul s'arrête, et boit deux fois son verre
D'un air demi-chagrin, comme pour se distraire,
Grommelle entre ses dents, sur la table de bois
En fredonnant un air, tambourine des doigts
Et reprend :

PAUL.

Eh! Gretchen, apporte-moi la plume,
Je sens que le doux piot dans ma cervelle écume
Et j'ai versifié quelque chose pour toi;
Ces messieurs jugeront si c'est de bon aloi:

Je vois leurs yeux ouverts ainsi que leurs oreilles
Et leurs bouches bayer largement aux corneilles.

Or, pendant l'entretien que je viens de citer,
Des passants curieux, entrés pour écouter,
Buvaient tranquillement sur les tables voisines:
La servante cachait ses couleurs purpurines
Entre ses jolis doigts et sous son tablier;
La maman parlait haut avec un charretier,
Une vieille pratique et vieille connaissance.
Paul impatienté réclama le silence;
Gretchen ou plutôt Rose, on l'appelait ainsi,
Apporte le papier par l'air du lieu noirci,
Le tesson qui servait aux buveurs d'écritoire
Et la plume taillée en pinceau de grimoire.
Puis, les verres choqués, dans un large unisson,
Ayant fait le prélude, on ouït la chanson :

LA FILLE DU CABARET.

Fichu croisé, simple chemise
De toile rousse, à grain serré,
Jupon rayé, voilà sa mise
Et bonnet rond, à peine ouvré;
Pendant que l'on boit elle file,
Elle fait chanter son rouet,

La Fille du cabaret.

Et chacun vient voir à la fille
    La fille du cabaret. *bis*

Dès le matin elle balaie
De la cave jusqu'au grenier;
Le buveur qui la voit s'égaie
Comme au regard de son rosier;
Elle est gentille, elle est accorte;
On boit le double de clairet,
Quand c'est elle qui vous l'apporte,
    La fille du cabaret. (*bis*.)

Tout buveur est son camarade
Jusqu'à deux doigts de son corset;
Aussi volontiers qu'une œillade
Elle vous aligne un soufflet.
Parfois, son bras sert de béquille,
Maint vieillard sans elle choirait;
C'est qu'elle est une bonne fille,
    La fille du cabaret. (*Bis*.)

Sa mère, une grosse gaillarde
A qui l'on sait plus d'un galant,
D'un clin d'œil en dessous la garde
Et surveille son corset blanc;

Franc buveur dit tout en goguette,
Craignez plutôt ce beau discret
Qui voudrait tenir en cachette
    La fille du cabaret. (*Bis*.)

Rose, soyez modeste et sage,
N'imitez point votre maman!
Respectez-la, car à son âge
On revient de l'égarement;
Croyez à son expérience,
On va plus loin qu'on ne voudrait,
Quand on est par droit de naissance
    La fille du cabaret. (*Bis*.)

Rose est modeste autant que belle,
Ne la voyez-vous pas rougir
Du moment qu'on a l'œil sur elle?
Bientôt son cœur pourra choisir:
Il faudrait un garçon qui gagne,
Un beau compagnon qui dirait:
Je vais emmener *en campagne* (1)
    La fille du cabaret. (*Bis*.)

(1) Licence que l'auteur a cru pouvoir se permettre en faisant parler un compagnon.

Pendant que Paul chantait, Rose devint crise ;
Dans son retranchement sa pudeur était prise
Comme une jeune biche entre les chiens courants ;
Elle avait des sursauts et des frissons errants.
D'un bond elle sauta dans la chambre voisine
Lorsque le dernier son vibra dans la poitrine
Du chanteur applaudi par les buveurs nombreux :
On se mit à sa piste ; un poursuivant heureux
La ramène confuse et tremblante au poële
Qui lui donne un baiser d'une lèvre discrète,
Et, devant l'auditoire attentif et muet,
Par la main la ramène au banc de son rouet.
Alors, pour couper court à la plaisanterie,
Il fait un commentaire à sa galanterie :
Évitez toute atteinte et tout propos blessant,
Ne raillez point d'abord sur un mte décent.
La fleur cueillie au front de cette jeune fille
Est un chaste baiser de tuteur à pupille.
Un autre plus heureux, un homme de travail,
De ces charmantes dents entr'ouvrira l'émail,
Lèvera ce fichu croisé par la pudeur,
Prendra possession des secrets de son cœur.
Ce jour-là, qu'il soit fait une noce superbe !
Chacun à sa corbeille apportera sa gerbe :
Ustensiles, bijoux, ornements du foyer,
Draps de toile, rideaux, couchette de noyer ;
Que chacun donne au moins une piécette blanche !
Et, la dot arrondie, en habits du dimanche
De tous les francs buveurs on fit venir le clan,
On convoque le ban avec l'arrière-ban,
A la branche de Houx on fait grande cuisine,
Les rôtis sont en broche et prennent la marine.
N'ayant point sommeillé depuis la veille au soir,
La mariée est close, et devant son miroir
Pour la dernière fois se mire jeune fille.
Avec empressement on la sert, on l'habille,
On met dans ses cheveux la fleur de l'oranger.
Enfin, elle paraît, chacun de se ranger :
Du fin bout de ses pieds aux cheveux de sa tête,
Elle est blanche, en vrai lys... Voici la maman prête,
Enfin, tout battant neuf le joyeux épouseur,
Ménétrier en tête, on s'achemine en chœur
Au doux bruit du crin crin, vers la cérémonie
Et, sans empêchements, l'alliance est bénie.
Du matin jusqu'au soir, du so.. jusqu'au matin
On danse, on boit, on mange, on fait bal et festin,
Le cabaret subit une métamorphose :
C'est un palais de fée, et cette fée est Rose.
Les mariés auront de tous un souvenir,
Le poète, venu de loin pour les unir,
Suivant l'antique rit chantant l'épithalame,
De ses vers les plus purs couronnera leur flamme

A . . . .

Puisque la porte est close, entrez par la fenêtre,
Mes vers, dont le babil me fera trop connaître,
Et rangera mon nom dans les noms importuns.
Entrez et nichez-vous où vous trouverez place,
Au panier des chiffons, aux fentes de la glace,
Dans les cheveux pleins de parfums !

Entrez ! et n'allez pas distraire une seconde
Cette grande pensée où se remue un monde.
Ne soyez pas mutins, bruyants ni querelleurs.
Voulez-vous un instant reposer ses prunelles ?
Mes moineaux francs ! il faut lisser un peu vos ailes,
Vous faire doux comme des fleurs.

Ah ! vous êtes heureux d'échanger ma retraite
Contre ce sanctuaire interdit au poète,
Laissez-vous n'y passer qu'une heure et puis mourir ;
Pendant que votre père, aux bois, près de l'eau vive,
S'en ira demander au printemps qui s'avive,
Ce qui fait les portes s'ouvrir.

LA JEUNE FILLE ET LES ABEILLES.

Dès que l'aube posait un rayon sur sa bouche,
Dès que s'ouvraient ses yeux, Laure fuyait sa couche,
Puis, ayant revêtu la robe aux plis flottants,
Elle allait en plein air saluer le printemps.
Dans le chemin rustique et tout creusé d'ornières,
Dont le bord est semé de fraises printanières,
Où les chars gémissants, pesamment attelés,
Suivent le pas tardif des grands bœufs accouplés,
Légère elle marchait, pendant que les fauvettes,
Du sein des verts buissons jetaient leurs chansonnettes.
Elle ne s'arrêtait qu'à l'endroit plus désert
Où le sentier commence, où le chemin se perd.
Alors, dans l'herbe humide et sur les jeunes branches,
Elle cueillait les fleurs purpurines ou blanches,
Les fleurs d'or ou d'azur dont le divin pinceau
Nuance artistement la plante et l'arbrisseau.
Son œil vif et perçant découvrait dans les herbes
Celles qui se cachaient, comme les plus superbes,
Et toutes ressortaient, sous ses doigts s'arrangeant,
Ainsi que les reflets d'un plumage changeant.
Les grandes fleurs semblaient protéger les petites ;
Elle appendait autour les pâles clématites,
Et de ces liserons de pourpre ou de saphir
Qui livrent en jouant leur corolle au Zéphir.

Comme elle avait cueilli son bouquet sur les pentes
Fleurissantes de thym, où les chèvres grimpantes
Au milieu des rochers vont embaumer leur lait,
Un agreste parfum de ses fleurs s'exhalait,
Tel qu'il monte des foins, quand l'herbe n'est plus verte,
Tel encor que l'exhale une ruche entr'ouverte.

Comme Laure venait, tous les matins dorés,
Prélever son tribut sur les trésors des prés,
Les abeilles, au loin, sur la montagne errantes,
Voyant diminuer leurs moissons odorantes,
Furent prises d'envie, et leur ressentiment
S'annonça dans les airs par un bourdonnement.

Depuis, toutes les fois que la vierge éveillée
Vint saluer l'aurore à travers la feuillée,
Et former de cent fleurs un tour harmonieux
Où pussent reposer sa pensée et ses yeux,
Elle dut s'étonner de voir à son passage
Des massifs embaumés s'élever en nuage,
Un essaim bourdonnant qui toujours la suivait,
Comme pour la troubler pendant qu'elle rêvait.

Un jour, ses doigts cueillant de fraîches églantines,
Elle avait excité les abeilles mutines ;
Blessée, elle accusa le buisson innocent
Où ne brillèrent point les roses de son sang.
La douleur plus cuisante, et sa main blanche enflée,
Lui firent soupçonner une abeille envolée ;
Un soupir étouffé murmura dans son sein.
Et sa frayeur doubla quand elle vit l'essaim.
Qu'elle avait en marchant soulevé sur ses traces,
La suivre en frappant l'air du bruit de ses menaces.
Elle se mit à fuir, mais dans l'air agité,
L'essaim, de plus en plus par sa fuite ameuté,
Fit entendre un bruit sourd comme celui des lyres,
Quand elles expriment de sauvages délires.

Au signal attendu tout le groupe fondit
Sur l'innocente, hélas! que rien ne défendit :
Ni son âge en sa fleur, ni ses cris, ni ses charmes,
Ni ses yeux bleus priants, d'où ruisselaient ses larmes.
L'essaim l'enveloppa comme un vaste filet ;
Une abeille en furie aux tempes se collait ;
Les autres se pendaient en grappes murmurantes,
Perdant leurs aiguillons à ses tresses errantes ;
Les autres en serpent s'enroulaient à son cou.
La vierge torturée allait sans savoir où,
Poussant des cris profonds qui faisaient que loin d'elle

Les oiseaux effrayés fuyaient à tire-d'aile.
De douleur et d'effroi sa gorge se serra,
Et Laure, en un moment étouffée, expira.
Ne la revoyant pas, vers le soir, ses compagnes
Allèrent la chercher sur le flanc des montagnes,
Où son pas solitaire aimait à s'égarer ;
Sa mère les guidant, marchait, non sans pleurer,
Appelant dans les bois : « Laure! où donc es-tu, Laure ?»
Et rien ne répondant que la forêt sonore,
Les vierges la suivaient en appelant aussi.

L'air vibra tout à coup et parut obscurci ;
A l'approche des pas, les coupables troublées
Avaient eu peur sans doute, et s'étaient envolées.
Les abeilles fuyaient d'un tertre parsemé
De ronces dont le suc est un miel embaumé.
Le corps fut retrouvé gisant dans les bruyères ;
Il foulait de son poids des tiges printanières.
Un bouquet, le matin, par Laure moissonné,
Et qui, le soir, comme elle! était déjà fané.

Laure atteignait à peine au printemps de son âge,
Les roses pâlissaient sur son jeune visage ;
Sa paupière à jamais enfermait ses doux yeux.
Comme une tombe, un corps, à l'instant des adieux.
Morte ignorant l'amour, cette terrible fièvre,
Elle semblait dormir ; on voyait sur sa lèvre,
Et par miracle, ainsi l'avait permis le ciel,
Sur sa lèvre vermeille un blond rayon de miel.
Elle fut dans ce lieu simplement inhumée ;
La mère y rejoignit bientôt sa bien-aimée.
Et chez Laure on trouva des vers inachevés
Inspirés par les bois, chaque matin rêvés,
Cueillis comme le miel sur les fleurs des pelouses,
Doux à faire mourir les abeilles jalouses.

UN

SOUVENIR DES COSAQUES

PREMIÈRE PARTIE.

Le père Bonnard était un revendeur de meubles du quartier Saint-Jacques. C'était un ancien habitué des ventes, un spéculateur rusé, furet comme un bibliophile, difficile en affaires comme un juif. Il était secondé dans ses opérations, légalement iniques, par Mme Bonnard, son épouse, servante émérite d'un célibataire, qui, en mourant, lui avait légué le capital de huit cents francs de rente.

Mme Bonnard était chargée de la location des meubles. On a entendu supposer souvent que tel marchand de *bric-à-brac*, ou que tel vieux bouquiniste avait pu s'enrichir par la découverte de quelque trésor ignoré, vulgairement appelé une *grenouille*, ou dissimulé, sous la forme de billets de banque, entre les feuillets de quelque *in-folio* négligé par les héritiers.

Il y avait un trésor caché dans chacun des tiroirs des commodes surannées qu'achetait le père Bonnard, entre les ais disjoints de chacun de ces meubles,

grâce à l'industrie de son épouse, qui savait en retirer un profit mensuel exorbitant.

Malheur au pauvre étudiant, à la grisette naïve, au modeste employé à douze cents francs qui s'arrêtait à rôder devant l'insidieuse enseigne où on lisait : « Ici on vend et on loue des meubles à bon marché. » On faisait semblant de les octroyer à sa bonne mine, hélas ! et, au bout de six mois, les vieilleries, largement payées, appartenaient encore à la maison Bonnard. Le roué ménage ne demandait pas mieux que de renouveler ces baux mobiliers, et d'entretenir des *vaches à lait* sous tous les combles de Paris. Ce petit commerce secret, dont les manœuvres, d'une probité douteuse, étaient soigneusement cachées aux regards si clairvoyants des voisins, ajoutait des beaux écus au pécule de cette association matoise et intéressée.

Tout cela, comme nous le disons, se faisait à petit bruit, sans que les Bonnard attirassent l'attention.

Tout ce qui s'était murmuré sourdement sur leur compte se réduisait à ceci : qu'avant d'occuper leur domicile, ils avaient vendu et loué des meubles dans la rue Saint-Honoré; qu'un jour des rouliers, ayant aperçu le père Bonnard dans sa boutique, lui avaient fait un esclandre et l'avaient menacé de leur fouet, en lui criant dans les oreilles : Dis donc, vieux ladre, te souvient-il des *Cosaques?* On supposait gratuitement que le bonhomme, en 1814, avait servi d'espion à nos bons amis les alliés, et on lui pardonnait en considération de cette amnistie générale que le temps amène toujours tôt ou tard, et que l'on appelle en droit la prescription.

Qu'est-ce que le père et la mère Bonnard voulaient faire de leur argent? On ne leur avait jamais surpris la moindre velléité de le dépenser pour eux-mêmes. La maîtresse de la maison avait gardé son costume et sa lésinerie de duègne, l'époux ne se vêtait que de velours de coton; ils ne connaissaient pas le dimanche, et se nourrissaient comme le couple avare de la dixième satire de Boileau.

Leur mobilier était un encombrement de vieilleries étrangères à leur usage, et réservées pour le commerce. Leur chambre à coucher n'était qu'un grenier obscur d'où ils avaient hâte de sortir le matin pour se donner un peu d'air, et échapper à des ténèbres palpables.

Mais il y avait dans un lieu séparé, quelque toujours à l'entre-sol, qui leur servait de niche et d'entrepôt, une petite chambre isolée qui ne s'ouvrait que pendant deux mois de l'année, à l'époque des vacances.

M. et Mme Bonnard avaient une fille dont ils avaient fait une demoiselle.

On peut s'imaginer que, de ce couple vicieux et grotesque, il eût pu naître une personne aussi jolie, aussi simple et aussi bonne que l'était Marie Bonnard. Elle était un argument vivant contre la fatalité en faveur de la Providence. Ses qualités faisaient trouver naturelles les privations que son père et sa mère s'imposaient pour lui assurer un brillant avenir. Après lui avoir prodigué tous les soins délicats dont les riches préviennent leurs enfants dès le berceau, ils l'avaient mise en pension au *Sacré-Cœur*, et, quand elle revenait au logis, à l'époque des vacances, ils s'efforçaient de lui faire retrouver, au milieu de leurs habitudes solidement mercantiles, les commodités et les superfluités même auxquelles on s'habitue dans les nobles couvents. Le père Bonnard avait profité des facilités que lui donnait son assiduité aux ventes pour composer à sa fille un petit ameublement d'un goût exquis et d'une simplicité riche, qui s'harmoniait à ravir avec les idées élevées et l'éducation de Marie.

On communiquait de la boutique à cette espèce de boudoir par un petit escalier en parquet luisant, où se déroulait un tapis gris-perle semé de fleurs et fixé au noyer par de petits clous à têtes dorées.

Si l'un des pauvres jeunes gens qui payaient par dix millièmes des parcelles de luxe secret s'était aventuré dans ce petit escalier dérobé à cause de son élégance; s'il eût vu s'entr'ouvrir la porte à panneaux saillants et sculptés qui interdisait l'entrée de ce réduit mystérieux, il se serait cru transporté dans l'hôtel le plus fastueux de Paris, sur le seuil du petit sanctuaire réservé aux adeptes et aux intimes par quelque jolie duchesse ou princesse veuve, jouissant de trois cent mille livres de rente.

Les tentures et les garnitures étaient de canevas blanc brodé à la main. Le tapis était jonché de roses avec leurs feuillages. Toute la menuiserie était en bois précieux ciselés et incrustés d'ivoire, de nacre et d'écaille. Le christ d'ivoire qui surmontait le prie-Dieu était d'une dimension démesurée et d'un travail exquis. Il y avait là aussi une de ces ravissantes copies d'Albert Durer dont on s'est maintes fois servi pour faire le procès aux originaux. Le fond mat des glaces adoucissait les reflets de lumière qui éclairaient ces objets charmants. Le piano, où brillait le nom d'un grand faiseur, était comme encadré entre deux bibliothèques, l'une musicale et l'autre littéraire, où l'œil se jouait dans les caprices des reliures dorées, où l'esprit se reposait sur les noms des grands génies. D'un côté l'on voyait les moralistes et les poëtes, d'Homère au grand siècle et du grand siècle à Byron, Hugo et Lamartine; de l'autre, les maîtres du chant et de l'harmonie, de Palestrina à Rossini.

Comme le père Bonnard aurait pris des proportions grandioses aux yeux de l'étudiant obéré qui aurait surpris ces merveilles au milieu de son misérable réduit, surtout s'il eût été admis dans l'intimité du sanctuaire à l'époque où il était habité!

Marie était, à seize ans, la plus belle entre les jeunes filles nobles ses compagnes, qui n'en étaient point jalouses, parce qu'elle était aussi intelligente que belle, aussi bonne qu'intelligente.

Marie adorait ses parents, et ne désirait pas, pour les aimer davantage, qu'ils eussent l'air d'avoir une position plus haute; seulement elle les grondait de faire tant pour elle, et Dieu sait si ces gronderies devaient être douces à ce couple d'avares! A quatorze ans Marie était une femme, mais à la fois une femme du peuple et une femme du monde. Elle aurait dû raccommoder le linge, et elle lisait Shakespeare dans sa langue et elle vantait Mozart et Beethoven; elle aimait à se nourrir des auteurs du dix-septième siècle; elle avait l'esprit élevé et d'une trempe supérieure. Celui qui l'eût surprise par une de ces matinées qu'elle consacrait à la musique ou à la lecture de ses auteurs favoris, et qui aurait pu demeurer invisible pour la contempler, se serait senti élever dans une sphère plus haute que celle où se meuvent les femmes vulgaires. Elle l'aurait également satisfait, artiste, poëte et penseur. Artiste, il eût trouvé en elle ces formes idéales qui ne sortent vivantes des blocs de marbre que lorsqu'il se rencontre un sculpteur qui soit aussi un poëte. Elle était grande, blanche et régulière; ses cheveux abondants se rattachaient, au hasard de ses caprices, en tresses ou en bandeaux, à la romaine ou à la grecque, autour de ses tempes vigoureuses qui auraient porté noblement le diadème. Quelquefois elle interrompait sa lecture; elle devenait pensive; sa bouche prenait une expression sévère comme celle de Minerve, et il coulait de ses lèvres ou de sa plume des paroles ou des caractères qui étaient des oracles de sagesse. Aux agitations de sa pensée succédaient celles de son cœur; elle était émue et pleurait : elle cessait de parler; elle ne s'avouait pas ses secrets à elle-même; il semblait qu'une exquise pudeur virginale les contînt dans son âme. Après avoir bouillonné quelque temps dans son sein, ils cherchaient une autre expression que celle du langage; ses doigts se rapprochaient du clavier, et chaque note exprimait un soupir, une langueur, une aspiration, un déchirement intime. Quelle âme d'homme, si rebelle qu'elle fût, aurait pu résister aux entraînements de cette passion, à l'autorité de cette pensée!

Mais pourquoi Marie, ce diamant d'une si belle eau se trouve-t-il si mal enchâssé par la nature? C'était afin sans doute qu'il ne dût rien à un éclat extérieur.

C'était une singulière métamorphose que celle de la jeune fille descendant des hauteurs de son esprit et de la position exceptionnelle que lui avaient faite ses parents, au milieu d'eux, pour venir s'asseoir à leur table bourgeoise. Comme elle effaçait son esprit et ses grâces pour ne laisser briller que leur tendresse! De quels suaves baisers elle parfumait ces existences, souillées par des préventions suspectes, dont elle était la cause innocente! Hélas! chacun des deux regards de Marie, chacune de ses expressions si délicates et tendres, qui allaient jusqu'à leur âme, devait être un encouragement à la passion des vieux ladres. Je suis belle, je suis bonne, on m'appellera ange, on m'adorera : cumulez encore! Voilà ce qu'elle ne pensait pas, à coup sûr, mais ce que ses grâces disaient pour elle. Si elle avait su! Mais pouvait-elle concevoir des soupçons indignes sur son père et sur sa mère? Jusque-là, nul indice apparent ne pouvait les faire naître et les autoriser dans l'esprit même d'un étranger.

Marie vivait heureuse.

Quoiqu'elle pût envier à ses compagnes leur naissance, elle était assez bien partagée du reste pour n'y avoir jamais songé. A moins que le remords ne soit héréditaire, il ne pouvait pas s'être glissé dans cette âme encore si naïve.

Quand elle eut tellement dépassé ses compagnes du Sacré-Cœur qu'il semblait dans l'établissement qu'on n'eût plus rien à lui apprendre, quand elle revint au logis paternel, pour y attendre les événements et commencer à n'être plus une pensionnaire, son père et sa mère conçurent le projet de lui offrir une petite fête, où ils s'en donneraient à cœur joie des caresses de leur enfant, et où ils l'environneraient à l'envi de belles promesses d'avenir.

Ils se firent habiller à neuf, et ils choisirent pour le lieu du rendez-vous de famille la forêt de Saint-Germain, sachant combien Marie aimait les arbres élevés, les pelouses verdoyantes et les chansons des oiseaux.

En effet, l'annonce de cette partie transporta d'aise la jeune fille, à qui rien n'avait jamais fait défaut que la liberté et l'air pur de la campagne. Le jour venu, elle se costuma, quoique simplement, avec tant de goût naturel, qu'on l'aurait tout aussi facilement prise pour la fille d'un prince que pour la fille d'un bourgeois, tant l'éducation et la double beauté morale et physique sont habiles à effacer les inégalités de condition.

Le jour fixé, l'équipage le plus propre que l'on puisse se procurer à Paris, en le louant, vint, dès sept

heures du matin, attendre au bas de l'escalier qui menait à la chambre de Marie.

Elle s'y glissa rapidement pour échapper aux regards; le père et la mère Bonnard entrèrent après elle, et on fila assez rapidement jusqu'à la gare du chemin de fer de Saint-Germain.

Il est inutile de parler de distances qui se franchissent à vol d'oiseau, sans qu'on ait le temps de regarder défiler ce long ruban de l'horizon, qu'on ne saurait appeler paysage. Pendant le trajet, le père, la mère Bonnard et leur fille, seuls dans une diligence, ne dirent pas un mot. Ils étaient tous les trois absorbés dans des réflexions profondes, et le père et la mère, dans leur angoisse commune, craignaient pour la frêle existence de leur fille le dérangement d'un de ces ressorts aveugles qui impriment aux convois une célérité idéale. Marie se complaisait dans le sentiment de la supériorité et de la puissance que Dieu a donnée à l'homme sur tous les objets de la création, et elle traduisait son émotion par ce verset du psaume : « Vous avez soumis sous ses pieds toutes les bêtes de somme, » ajoutant en esprit : « et tous les éléments. » Contre la défense écrite, elle mettait la tête à la portière pour avoir le plaisir de fendre l'air et de lutter contre lui; à la manière de ces écuyers rapides qui semblent chercher un ennemi invisible, quand ils se penchent en avant, emportés par le galop de leurs chevaux. Elle jouissait des secousses morales que donne ce spectacle où l'on est en soi-même acteur, et où l'on court avec une vélocité effrayante sur la pente du précipice éternel. Ces agitations, ces frayeurs, ces voluptés dramatiques la prédisposaient, par l'effet ordinaire des contrastes, aux voluptés douces et calmes que lui préparaient les vieux chênes et le gazon toujours renaissant.

L'instant où la jeune fille, suivie de sa mère et s'appuyant sur son père, qui semblait heureux alors, sentit la fraîcheur de la voûte que forment les arbres séculaires; le moment où elle vit les gouttes de rosée étinceler sous ses pas, et où elle entendit le rossignol chanter sa bienvenue, fut pour elle comme une révélation de son propre printemps. Elle sentit son sein se gonfler chastement, et la surabondance de ses vivantes sensations se trahit par de douces larmes que son père et sa mère essuyèrent de leurs baisers.

Quand le lieu sembla propice à leurs épanchements, c'est-à-dire quand ils furent sous le chêne le plus ombreux, à une place où les véroniques bleues et les blanches stellaires n'étaient pas effeuillées sous les pas des importuns, elle suspendit son écharpe de cachemire et son chapeau de paille aux branches basses d'une charmille; elle fit asseoir avant elle ceux qu'elle vénérait, et, s'agenouillant familièrement à leurs pieds, elle réunit leurs mains qu'elle baisa tour à tour avec une effusion virginale et filiale, qui fit passer sur leurs fronts ridés et flétris un éclair de vrai bonheur. Puis elle murmura, en collant presque ses lèvres sur les leurs :

« O mes parents! je serais toute heureuse, si je ne pensais pas que vous avez dû souffrir pour me combler de tant de biens! Je voudrais avoir gémi comme vous, avoir enduré comme vous les peines de la vie, avoir partagé vos angoisses......

— Dieu t'en préserve! » s'écrièrent à la fois M. et

M⸗e Bonnard en se relevant brusquement, et leurs fronts étaient redevenus chargés.

Ils s'étaient lancé mutuellement un regard de sinistre intelligence et de complicité qui dut échapper à Marie. Néanmoins elle fut interrompue dans l'expansion de sa tendresse, et elle attendit avec anxiété que son père et sa mère prissent à leur tour la parole.

Quand ils se furent assis de nouveau, quand leur physionomie eut repris son expansion ordinaire de ruse et de malice, le père Bonnard tira de la poche de sa redingote bleue un grand portefeuille de cuir lié avec une ficelle pour la sûreté des valeurs dont il était rempli et gonflé. Il l'ouvrit avec un air de satisfaction concentrée, et quand ses yeux se relevèrent sur sa fille, il y eut quelque chose de fauve dans son regard. Il attira Marie à lui de sa main décharnée, et la fit asseoir sur ses genoux. Alors commença, en forme de reddition de comptes, un inventaire minutieux, pendant lequel les trois personnes présentes furent agitées des sentiments les plus divers. Le père ressentit toutes les joies que peut procurer à un homme longtemps contraint l'attente désirée d'un but élevé; car, dans ce cas-là, le but était élevé et noble; mais la fin ne peut pas justifier les moyens, quoi qu'on en dise, et la mère ne songeait qu'aux moyens. La vertu de sa fille s'était révélée à elle sous un jour si pur, qu'il lui avait pris regret de n'avoir pas toujours été, comme elle, simple et désintéressée; et la jeune fille, moins éblouie par la vue des sommes énormes dont on lui montrait les titres, qu'attendrie par la pensée des efforts qu'avait dû coûter à ces marchands l'acquisition d'une pareille fortune, abaissait sur son père ses yeux si bleus et si doux, qui semblaient dire à chaque révélation nouvelle :

« Pourquoi? à quoi bon? »

« Vois, » disait le petit vieux avec un accent où perçaient à la fois son attachement judaïque au métal et son détachement paternel de ses richesses en faveur de sa fille, « vois ces billets de banque si tu es si lisses; quand tu les sentiras dans tes mains blanches, tu pourras imaginer que tu tiens des parures, des incrustations, des chinoiseries, des diamants, des bibliothèques, et, au besoin, des Rubens et des Albert Durer.

« Voici des coupons de rente : ils t'assureront, et ils assureront après toi, si on sait les ménager et prévoir quelques rares mauvaises chances, ils vous assureront autant d'années heureuses que vous en pourrez vivre, jusqu'à l'abolition du système monétaire, qui ne s'abolira jamais.

« Tiens! cette seule délégation sur la banque de France pourrait faire de toi la femme de quelque grand seigneur, voire même d'un prince, qui serait trop heureux de te donner un titre en échange contre une aussi brillante dot.

— Que vous êtes excellent, mon père! dit la jeune fille en l'interrompant; mais, voyez-vous, je n'épouserais pas un grand seigneur, ni même un prince, qui ne voudrait pas vous aimer; je choisirais un homme simple et intelligent, qui serait votre fils, comme je suis votre fille, qui vous saurait gré, comme moi, des sacrifices immenses que vous avez dû vous imposer. »

Et la pauvre enfant suffoquait de reconnaissance.

« Oh! mon Dieu! de quelles douceurs ne vous êtes-vous pas sevrés! Quelle vie de calcul et de travail! Vous n'avez joui de rien, ni de la nature, ni des arts, ni de vous-mêmes. Vous avez dû souffrir de la faim, de la soif et de toutes les privations...

— Mais, reprit le père, nous jouissons de toi, et aujourd'hui nous sentons l'air plus vif, le soleil plus doux, la verdure plus fraîche, parce que tu animes pour nous cette nature que les niais seuls contemplent pour elle-même. Que m'importe si dans un paysage rien ne me parle de moi? J'aime autant considérer mon œuvre que celle du Créateur.

— O mon père! c'est blasphémer ce que vous dites là, reprit Marie; mais ce n'est pas à moi à vous en accuser, et elle l'embrassait en répétant : Mon père, il ne faut pas être idolâtre de votre fille. »

Pendant ce temps-là, madame Bonnard, la tête appuyée sur ses deux mains, cachait sa figure embarrassée et comprimait la violence de ses efforts. On eût dit qu'un secret était prêt à déborder de sa poitrine et qu'elle n'avait pas la force d'en retenir le flot grondant en elle-même. Elle était pâle, et de grosses gouttes de sueur découlaient sur ses joues livides. Sa fille, se retournant vers elle, lui dit avec tristesse : « Ma mère, vous ne m'embrassez pas, vous! » Et la pauvre femme, se précipitant sur elle comme le naufragé sur l'instrument de sauvetage, l'étreignit en sanglotant d'une telle force, que toute autre qu'une fille excellente aveuglée par l'amour filial aurait deviné, à cette explosion de douleur, une autre cause que la cause présente de cette scène.

Après cette première suffocation, la mère Bonnard, d'une main convulsive et tremblante, tira de son ridicule une petite boîte où était enfermée une clef, et dit d'un ton sournois à Marie :

« J'ai aussi mon présent à te faire; cette clef ouvre le petit coffre d'ébène dont tu m'as demandé souvent à voir le contenu et que tu t'efforçais vainement de soulever. Tu en es dès aujourd'hui la maîtresse. Tu y trouveras notre bourse et mes économies.

— Ce n'est que de l'or, dit la jeune fille en souriant; oh! je ne suis pas curieuse de le voir.

— Tu ne sais pas ce que l'or coûte, » reprit la mère en frissonnant. Et, comme pour faire diversion, on se leva et on commença de se promener dans la forêt. Le vieux couple resta seul pendant que Marie le devançait un peu pour composer un bouquet de fleurs agrestes. Elle s'était un peu écartée pour répondre, comme le papillon, à l'appel de chaque corolle de pourpre ou d'azur qui attirait ses yeux, quand elle fut ramenée vers ses parents par le bruit d'une altercation fort vive. Elle ne put revenir sans froisser les branches, comme aurait fait un oiseau ou une biche effarée. Les vieillards querelleurs tressaillirent et eurent le temps de se composer leur maintien; mais Marie aperçut, à la joue de sa mère, une tache bleuâtre, et le père dit vivement, comme pour arrêter un aveu peu circonspect : « Elle vient de tomber, ça ne sera rien! » Marie fit asseoir la pauvre femme, qui lui obéit hébétée et ne répondit pas à ses caresses. Le père demeura morne et inattentif, jusqu'à ce qu'on se relevât et qu'on reprit le chemin de la station. On ne songea même pas à couronner par la collation obligée sur l'herbe ces scènes de famille, à la fois douces et mystérieuses, mêlées d'épanchements tendres et d'horribles réticences.

Aussitôt qu'on fut de retour, madame Bonnard fit effort sur elle-même pour mettre sur la table la nappe la plus blanche; elle sortit pour faire venir de chez le traiteur quelques mets fortifiants, et de chez la fruitière les primeurs qu'elle y trouva, puis elle s'assit pour inviter sa fille à prendre un peu de nourriture. Après avoir dissimulé quelques minutes les souffrances horribles auxquelles elle était en proie : « J'ai quelques affaires à régler en haut, ajouta-t-elle, et l'émotion m'a ôté l'appétit; je vous laisse, ne vous dérangez pas » Elle embrassa vivement sa fille, et remonta pour ne plus redescendre vivante. Son éloignement subit inspira une crainte filiale à Marie: elle ne put obéir longtemps à l'injonction qui lui avait été faite; elle s'esquiva pour monter, et trouva madame Bonnard couchée. Ses traits étaient si décomposés, que Marie, appelant M. Bonnard, lui dit avec effroi : « Je vous en prie, mon père, un médecin! » La malade fit un signe négatif et se retourna contre son chevet pour se refuser aux secours que Marie était prête à lui prodiguer. Marie prit sa main et l'inonda de ses larmes; mais elle la sentit se retirer violemment; le délire commençait, et quel délire! Une seule exclamation s'échappait de la poitrine sourde de la pauvre femme: —Elle ne m'aime pas! elle ne peut pas m'aimer!

Tout le monde sait l'histoire de ce saint qui, au moment où il était le plus avancé dans les voies de l'amour extatique, eut une hallucination horrible où il crut voir qu'il serait à jamais privé de Dieu, et qu'il était irrévocablement et fatalement condamné à l'enfer. Le délire de cette femme malheureuse ressemblait, en quelque sorte, à cette hallucination. Il lui faisait perdre par l'imagination tout le fruit d'une vie de labeurs et de sacrifices à sa conscience; c'était pour elle un enfer anticipé. Elle se tordait comme une damnée et repoussait les caresses de sa fille comme si elles eussent été fausses et hypocrites. Comment cette pensée invraisemblable avait-elle pu éclore dans le cerveau de cette femme défaillante? le délire ne lui permettait plus de nous le révéler.

Le père Bonnard envoya chercher un docteur d'une réputation de probité douteuse; avant qu'il entrât, il l'emmena dans l'embrasure d'une croisée, et lui dit à l'oreille : « Monsieur, nous n'avons besoin ici que de votre discrétion; votre art sera, je crois, inutile. » Le médecin comprit tout alors; la jeune fille demanda qu'on fît venir un prêtre.

Le père hésita :

« Attendons, mon enfant, ce n'est qu'une crise.

— Ce n'est qu'une crise, » répétait le médecin.

Marie fut si suppliante, que le père Bonnard sortit. Il resta plus d'une heure absent; il ramena un vieil ecclésiastique infirme, qui eut à peine le temps de donner à la mourante les derniers secours désespérés que l'Église accorde aux malades qui ont perdu connaissance.

A minuit, Marie pleurait à en mourir sur le corps de sa mère, et le père Bonnard sanglotait sur Marie, craignant qu'une telle secousse de douleur ne lui devînt fatale.

Voyant son père se désoler, elle reprit de la force et eut le courage de lui dire :

« Mon père, votre enfant vous reste. Vous avez assez fait pour elle, pour qu'elle ne vous abandonne pas : nous resterons ensemble, nous nous désolerons ensemble; je ne me marierai pas, et je vivrai pour vous consoler. »

L'héroïsme de Marie avait tué sa mère par le contraste qu'il établissait entre elles deux. Si le fond du cœur du père Bonnard eût été vertueux, il eût éprouvé la même secousse; mais rien ne pouvait ébranler cette nature impassible; son cœur dur, où s'épanouissait pourtant la tendresse filiale, aurait pu se comparer à un de ces blocs noirs de granit, tout rongés de lichens et de pariétaires, qui laissent jaillir de leurs crevasses une tige verdoyante où se balance une rose.

Sur la terre où madame Bonnard fut enterrée, Marie fit élever une demi-colonne de marbre noir, où se lisait cette épitaphe :

> Ci-gît Louise Bonnard, morte à Paris,
> Le 20 mai 1835,
> Victime de sa tendresse maternelle.

La colonne était surmontée d'un magnifique ouvrage en marbre blanc : c'était un de ces oiseaux, symboles héroïques d'un douloureux amour, qui s'entr'ouvrent les entrailles pour donner leur vie à leurs petits.

Marie convint avec le père Bonnard qu'il ajouterait à son nom celui de Louise en souvenir de sa malheureuse mère.

Le marchand de meubles consacra la première année de son veuvage à faire sa liquidation. Marie-Louise passait tout le temps à s'entretenir de la pensée de sa mère et à prier pour elle. Le père Bonnard affectait de se souvenir de sa femme auprès de son enfant, mais les voisins avaient remarqué que son front s'était légèrement déridé. Ils avaient attribué ce changement d'humeur à la joie que devait éprouver le bonhomme en se retirant des affaires. Les voisins poussaient plus loin la pointe de leurs observations, et se demandaient si, pour l'homme comme pour la femme, le veuvage ne doit pas être une sortie de prison. On n'avait pas assez de données certaines sur la richesse du père Bonnard et sur les moyens qui avaient pu lui acquérir pour penser qu'il eût à se réjouir de n'avoir plus de complice ni de remords vivant. Il avait, du reste, changé son genre de vie. Il avait cessé d'assister aux criées publiques. L'usage du deuil l'autorisait à porter un vêtement noir convenable. Sa femme n'étant plus là pour faire la besogne de la maison, il avait pris une domestique qui le servait comme un maître et non plus comme un égal; les excellentes qualités de Marie avaient inspiré à cette fille un dévouement sans bornes.

Marie avait oublié d'envoyer des lettres de faire part à ses amies de pension; elle avait eu la modestie de croire qu'elle n'était plus de leur monde. De brillants équipages, arrêtés devant la boutique du vieux marchand, viennent lui rappeler que l'estime de ses compagnes l'avait suivie au milieu des bric-à-brac du père, ce qui doit singulièrement la rehausser aux yeux du lecteur, s'il est possible qu'elle grandisse encore dans son imagination. Elle fut sensible au sou-

Qu'est-ce que le père et la mère Bonnard voulaient faire de leur argent?...

venir sympathique de ces jeunes filles élevées à ne pas déroger. Elle persista à croire qu'elles lui faisaient beaucoup d'honneur, quoique, dans le commerce de leur amitié, elle apportât au moins sa part d'amabilité et d'intelligence. Quand on vit le luxe qui l'entourait, quand on pressentit qu'elle serait riche, le rapprochement devint de plus en plus naturel: on oublia entièrement le nom du père Bonnard, on songea à se ménager, dans Marie-Louise, une amie sûre et fidèle, qui pourrait être essentiellement utile ou agréable, au besoin. Plus d'une fois elle reçut un de ces poulets délicieux de câlinerie, comme en savent écrire les duchesses, où elle lisait une invitation à se laisser prendre en berline et conduire au bois, par une belle matinée de la chute des feuilles; et comme l'invitation était expresse, elle s'abandonnait, par complaisance, à celle qui ambitionnait de se donner le relief d'une aussi exquise amitié.

On pense que le père Bonnard devait être flatté, pour sa fille, de ce qu'il appelait ses bonnes fortunes. Il n'y avait rien là qui caressât l'amour-propre de Marie-Louise; son âme seule était sensible à ces avances, qu'elle jugeait désintéressées; et peu à peu, au milieu de ces distractions simples, sa douleur se convertit en une mélancolie douce, qui rassura

tous ceux qui la connaissaient, et leur fit espérer qu'avant peu elle serait acquise au monde, qui la désirait.

Un matin, pendant que la servante, Madeleine, coiffait sa jeune maîtresse, dont la longue chevelure noire ruisselait et ondulait à ravir sur son peignoir de batiste, Marie-Louise, l'œil fixé sur ses mules de velours, avait l'air d'être en proie à de soucieuses réflexions. Elle se rappelait qu'à l'âge où les idées sérieuses s'étaient développées dans sa tête, et où les sentiments généreux avaient commencé à s'agiter dans son âme, elle s'était fait un plan de vie où, si elle avait laissé quelques instants à la rêverie, à l'émotion et à l'analyse des sentiments, elle avait consacré la plupart de ses heures à l'action, et elle réfléchissait que depuis un an sa vie avait été douloureusement passive. Elle ne se le reprochait pas, mais elle s'interrogeait sérieusement et se demandait si cette douleur oisive n'était pas trop inutile; si le temps n'était pas venu de réaliser ses beaux rêves, et si l'or dont elle était dépositaire ne devait pas servir à de pieux usages pour honorer de la meilleure manière la mémoire de son adorée défunte. Et à cette dernière idée ses yeux s'élevèrent vers une miniature qui reproduisait les traits de celle qu'elle croyait morte par excès de tendresse maternelle, et au même clou qui suspendait la miniature elle regarda attentivement une petite clef suspendue, à laquelle il ne lui avait pas pris fantaisie de toucher depuis qu'elle l'avait reçue dans la forêt de Saint-Germain.

À ce moment même, le père Bonnard entra, baisa sa fille au front, et attendit que Madeleine en eût fini avec sa maîtresse pour lui faire signe de les laisser seuls. Quand Madeleine fut partie, le père Bonnard commença :

« Mon enfant, ma liquidation est finie, et je viens te faire une proposition. Ce logis est plein pour nous de tristes souvenirs ; veux-tu que nous en choisissions un autre ?

— Mon père, répondit Louise, vous me prévenez ; il est probable que dans la journée je vous aurais fait la même confidence, mais dans un autre but. Je ne désire pas sortir de ce lieu pour oublier : je voudrais, au contraire, qu'il me fût permis d'en emporter tout ce qui m'y rappelle le plus cher des souvenirs, et je regrette que la chambre étroite où vous avez habité si longtemps et si pauvrement ne soit pas aussi facile à transporter que cette miniature ; je voudrais qu'elle fût la mienne partout où je serai.

« Mais je pense qu'ici il m'est difficile de réaliser certains projets qui me sont venus à l'esprit, à ma sortie de pension, et qui, je pense, ne seront pas désapprouvés par vous, mon excellent père, qui m'avez toujours tout sacrifié.

— Ma pauvre enfant, ne sais-tu pas que tu es ma vie, que tes volontés et tes moindres désirs sont des ordres impérieux pour moi ? Veux-tu vivre en duchesse ? veux-tu renoncer à cette folle promesse que tu m'avais si généreusement faite de vivre avec ton vieux père ? Je consens et je renonce à tout pour toi ; toi seule m'es chère au monde ; moi-même je me déteste.

— En revanche, je vous aime, vous le savez, et je ne vous quitterai jamais. Je ne vous demande qu'une chose, c'est de satisfaire des goûts qui me sont venus quand je suis née, et que vous avez pris plaisir à cultiver en moi par l'éducation. J'aime ce qui est grand et beau ; je suis passionnée pour les arts et pour les lettres ; je voudrais suivre le mouvement des idées de mon siècle ; je voudrais voir de grands hommes, les entendre causer et causer quelquefois avec eux ; je voudrais que ceux d'entre eux qui sont tristes et qui souffrent pussent trouver de la joie et de la gaieté quelque

part où je serais, où je les réunirais, où je leur donnerais le plaisir de se communiquer leurs grands desseins et leurs moyens de les exécuter. Je voudrais employer noblement, et à la manière des princes aînés, les richesses que vous m'avez amassées. Je voudrais épurer l'or, s'il a été souillé avant de passer par vos mains, parce que j'ai entendu dire qu'il était souvent ramassé dans la boue. » Le père Bonnard tressaillit à ces derniers mots, et dit brusquement pour interrompre Louise : — Tout ce que tu voudras, chère belle ! tout ce que tu voudras ! Dès demain tu auras un logement de reine, que je ferais meubler, si je savais, comme l'ancien hôtel de Rambouillet ; tu m'aideras, si tu sais.

— Oh ! merci, merci, mon père, » dit la jeune fille que son père avait fait bondir de joie au mot que le hasard venait d'amener sur ses lèvres. Et elle reconduisit M. Bonnard à la porte du petit sanctuaire, comme si elle eût voulu s'isoler avec ses rêveries. Dès qu'elle fut seule, elle ferma la porte en dedans et courut à la petite clef ; elle fit sauter le couvercle à ressort du coffre-fort d'ébène, et elle recula de surprise devant les monceaux d'or qui s'y trouvaient entassés. Elle aperçut, dans un coin, une petite bourse en peau de daim qui semblait vide ; elle l'ouvrit avec avidité, pensant y découvrir quelque note de la main de sa mère, quelque souvenir plus précieux que les richesses banales où elle ne voyait que des effigies de souverains indifférents. Elle retira de la bourse une foule de pierres de la plus belle eau.

Si elle eût connu réellement la valeur de ces richesses, elle n'aurait pas pu s'empêcher de s'abandonner aux soupçons, mais elle en bannit l'idée comme injurieuse à sa famille ; elle se promit seulement de faire quelques questions à son père sur les moyens qu'il avait mis en usage pour arriver à ces résultats étonnants ; elle referma la cassette et rappela le père Bonnard de sa voix douce et timidement inquiète.

« Mon père, lui dit-elle à son entrée, j'ai ouvert la cassette. Comment avez-vous pu gagner tout cet or. Je commence à croire que vous avez eu recours à la magie, et que vous avez employé l'intervention de quelque bonne fée. » Le vieil avare sentit la rougeur lui monter au visage, quoiqu'il eût dès longtemps une réponse toute prête à cette demande nécessairement prévue ; mais enfin il répondit en dissimulant autant qu'il put son embarras.

DEUXIÈME PARTIE.

« Non enfant, il y a là-dessous un mystère qui n'est pas honorable pour nous, selon le monde, mais qui n'est pas déshonorant au moins; si nous l'apportons de la fortune, nous ne l'apportons pas de titres de noblesse, hélas! ou ma noblesse n'est pas reconnue. Je ne veux pas te cacher un secret que tu ne dois pas ignorer. Ton père est un enfant abandonné; cette cassette lui a été remise, quand il a eu l'âge de majorité, par un notaire, le confident de ses parents inconnus. Ta mère a ajouté au trésor que renfermait cette boîte toutes les économies qu'elle a faites pendant une longue vie de privations.

— Et ma mère, ne connaissez-vous pas sa famille? dit Marie.

— Je l'avais choisie orpheline et abandonnée, afin qu'elle n'eût pas à rougir de son mari. Tu le vois, sans autre famille que toi, nous n'avons songé qu'à t'aimer, car il nous a peu importé de vivre misérables, pourvu qu'il nous restât l'espérance de te voir un jour heureuse et fêtée.

— Un regret empoisonnera toujours ces fêtes, ajouta Marie-Louise; le fantôme de ma mère délirante me poursuivra partout. Mais au moins elle ne me reprochera pas l'usage que je ferai de ses richesses, péniblement acquises ou fortuitement échues. Vous me seconderez, mon père, n'est-ce pas? Et si nous ne pouvons être heureux nous-mêmes, au moins répandrons-nous la joie et le bonheur autour de nous. »

Le père Bonnard ne comprenait rien aux beaux sentiments de Marie; il ne savait qu'une chose, c'est qu'ils étaient les sentiments de sa fille, et que, comme tels, il devait les respecter et y adhérer. Il sortit pour se mettre en quête d'une maison à vendre, en se promettant de ne la payer, s'il était possible, que la moitié de son prix pour laisser plus d'argent aux fantaisies de son idole.

Quinze jours après, mademoiselle Marie Bonnard était installée, sous son nom, dans un charmant hôtel situé à Paris, rue de Lille, comme cour et jardin, comme disent les affiches, ce qui supplée brièvement à quatre pages d'une description à la Scudéry, mais ce qui laisse beaucoup trop à deviner à l'imagination du lecteur. Nous préférons lui donner un petit crayon des lieux qui seront en grande partie le théâtre des scènes qui nous restent à décrire. La maison est basse et comme isolée au milieu de peupliers d'Italie, qui, dans la cour, sont plantés dans les interstices des pavés, sans revêtement de gazon, et qui, dans le jardin, balancent leur ombre allongée sur une pelouse d'une verdure aussi fraîche que celle des prairies de l'Auvergne, éternellement ravivée par des fontaines intarissables. Autour des peupliers élancés, se groupent en masses, d'un vert plus sombre, des arbres à feuilles larges, à grappes de fleurs, s'épanchant comme la neige sur le sable doré des allées. Des corbeilles de fleurs les réunissent par familles et offrent à l'œil des nuances de couleurs tranchées ou de demi-nuances; ici des géraniums du vermillon le plus vif, là des hortensias d'un violet tendre; le tulipier aux feuilles de platane secoue sur l'herbe verte ses fleurs couleur de feu.

Au milieu du jardin s'élève une serre immense, jardin de l'hiver, grotte splendide où la nature s'abritera pendant la morte saison, pour y sourire encore, pour y faire éclore les camélias blancs et roses et les bruyères de toutes les familles. Il ne sera pas dit qu'au temps où les plantes sont fanées et jaunies sous le givre, Marie ne pourra pas en couronner ou en parsemer sa chevelure, qu'elle ne pourra pas en remplir ses vases d'albâtre ou les jardinières de son boudoir. La nature sera aussi prodigue pour elle qu'elle le sera pour ceux qui souffriront, et ses arbustes chéris auront toujours des fleurs, de même que ses yeux auront toujours de doux regards et ses lèvres de suaves paroles.

Les appartements étaient grandioses, mais simples; des marbres dans le vestibule, de l'albâtre et des peintures dans les salles, sur des fonds mats qui laissaient en saillie l'objet d'art, décelaient plus de bon goût que de faste. « Ceux qui entreraient là ne « devraient pas s'y méprendre sur le luxe et la profusion « des richesses; ils ne seraient pas condamnés à y « louer une dépense souvent stérile et de mauvais « goût. Ils seraient comme dans un temple de l'art, « en toute liberté de n'y admirer que le beau idéal en « lui-même, ou d'en chercher le rayonnement dans « les œuvres des maîtres. La sainteté du lieu en ex- « clurait les profanes; il n'y viendrait en hommes « du monde, ou en hommes de spécialité, que les vé- « ritables amants de l'idée ou de la forme. » Telles avaient été les injonctions de Louise, et elle n'avait jamais eu l'ambition d'être déesse ou même prêtresse dans un sanctuaire pareil; elle ne pensait entrer qu'en néophyte et s'y placer la dernière. Modeste, elle n'aspirait qu'à l'initiation, comme si son projet exécuté ne l'élevait pas déjà à la hauteur de ceux dont elle ne voulait être que l'humble disciple, comme si les artistes et les penseurs, toutes des individualités sociales enfin, ne s'estimeraient pas heureuses de se rallier à son sourire. Réunissez en un seul être privilégié la force, l'intelligence et la grâce, les plus hautes têtes se courberont devant lui; ces trois couronnes réunies forment une tiare invisible, qui imprime au front qui la porte un sceau d'infaillibilité.

Dès que Marie-Louise fut installée dans son hôtel, où il ne manquait, et de parti pris, que le luxe des équipages, elle passa huit journées consécutives à revoir ses anciennes amies, et elle chercha dans le nombre celles dont la sympathie lui était acquise pour la servir dans ses projets. Elle était suivie dans ses visites de sa chambrière Madeleine, qu'elle avait fait demander à la mère de la plus intime de ses compagnes. Partout elle manifesta hautement son intention de ne pas s'engager dans les liens du mariage pour servir d'appui et de consolation à un bon père qui, en lui offrant tout le prix d'un passé laborieux avait mérité amplement, disait-elle, qu'elle semât de fleurs son avenir. Elle exprima partout le désir qu'on la traitât en jeune femme et en maîtresse de maison. Elle se dévoua à être visible trois jours par semaine dans la journée, et deux autres jours dans la soirée. Elle parla de projets de musique, de réunions artistiques, et leva d'avance toutes les objections par la franchise avec laquelle ses propositions furent posées. Au bout de quelques jours, le bruit courait dans le faubourg Saint-Germain qu'il allait s'y ouvrir un nouveau salon qui serait un terrain neutre; que la maîtresse de la maison était, par exception, une jeune fille très-riche, très-belle, très-intelligente, qui ne voulait pas se marier. Ses amies furent unanimes pour appuyer les éloges qui se répandirent en l'honneur de l'inconnue. Les hommes distingués et les femmes aimables se pressèrent en foule aux portes de ses anciennes compagnes, aux portes même du Sacré-Cœur, pour obtenir ou forcer l'entrée d'un si agréable lieu de ralliement.

L'admission ne tarda pas à être difficile, elle était entièrement subordonnée au choix de Marie, et elle s'était fait des réserves à elle-même pour n'être pas embarrassée plus tard.

Le nom et la fortune étaient les dernières choses que l'on considérait. On avait égard aux renommées ou aux célébrités, pour parler plus juste, qu'autant qu'elles étaient justifiées par un talent réel. En moins de rien, le salon de la rue de Lille fut un des plus sagement composés qu'on puisse désirer d'entrevoir à Paris. Il y venait de grands seigneurs, des diplomates, des financiers, à la condition qu'ils fussent hommes d'esprit; des savants, des statuaires, des peintres, des poètes, sans autre condition que de justifier validement de l'un de ces titres. En moins de rien aussi, à force de s'initier, mademoiselle Marie devint une femme d'esprit, qui promettait d'éclipser les reines de tous les salons célèbres qui ne sont plus, ou de ceux qui se soutiennent encore. Au contact de ces intelligences d'élite, le père Bonnard ne put pas venir à bout de dégrossir son esprit, mais il réussit à modifier sa tournure, sa fille aidant. Il ne manquait pas d'une certaine politesse extérieure, il savait

donner ses ordres et maintenir la maison sur un bon pied. Il n'est pas rare de voir un capitaliste, homme du monde depuis trente ans, faire plus de gaucheries qu'il n'en échappait au bonhomme, grâce, nous l'avons dit, aux excellents conseils et aux attentions persévérantes de Marie-Louise.

Il n'était pas relégué dans l'ombre, comme il arrive de beaucoup de maris dans les maisons où la femme gouverne; il avait toujours les honneurs dus au maître. Et s'il n'était pas mêlé aux conversations artistiques où Marie-Louise tenait si bien le haut bout, tout en s'effaçant, les sourires et les baisers de cette chère enfant ne lui manquaient pas pour le dédommager, s'il avait besoin de l'être, lui qui jouissait en secret et si délicieusement de la supériorité de sa fille, de son amabilité et de ses louanges sincères qu'elle recueillait à l'envi des hommes les plus graves.

Quand, du reste, ils se retrouvaient seuls, après une soirée où Louise, suppliée, avait tenu tous ses auditeurs en haleine, et comme suspendus par le charme de l'une des symphonies qu'elle rendait si bien; après qu'elle avait élevé la causerie des banalités ordinaires aux plus hautes spéculations, plutôt par l'exaltation de ses sentiments que par un effort de son esprit; combien il semblait doux à l'homme, qui était la cause nécessaire et fortuite de ces merveilles, qui avait joui lentement et silencieusement de ce qu'il croyait son œuvre, de pouvoir rendre à sa fille, dans un épanchement paternel, une part des émotions qu'elle lui avait causées!

Comme il savourait le bonheur de l'appeler son enfant, quand, relevant sur lui son œil bleu, lorsque, l'entourant de son bras idolâtre, et lui offrant en hommage filial toutes les naïvetés de son sourire, toutes les étincelles qui jaillissaient de ses regards, elle laissait des mots de tendresse agiter ses lèvres vermeilles, et prêtait la suave et angélique expression de sa voix au sentiment dont son âme était oppressée! Ce devait être un bonheur infini pour cet homme; et cependant, il était toujours le premier à interrompre ces scènes d'épanchements délicieux. Au plus fort de ses protestations, Marie-Louise voyait le front paternel s'obscurcir et sentait ses tendresses refoulées dans son cœur par je ne sais quoi de glacial qui partait du cœur du vieillard. C'était la seule souffrance qu'elle connût.

Elle avait d'ailleurs toutes les jouissances que peut donner la conscience du bien fait à toute heure et d'instinct, par un mouvement libre, naturel et spontané, comme il nous semble à nous que la Providence le fasse. Outre les aumônes abondantes qu'elle faisait verser dans le sein des indigents avoués, qu'elle savait bien l'art de donner et d'atteindre dans l'ombre des misères qui s'ignorent presque elles-mêmes, tant elles sont discrètes et délicates!

Voilà ce qu'elle faisait :

Elle avait la manie de visiter les ateliers, la grande salle du Musée du Louvre et de s'arrêter devant les enseignes des libraires. Au Louvre, tout en n'ayant l'air que de contempler toujours les vieux maîtres, ce à quoi elle ne manquait certainement pas, elle ne dédaignait pas d'abaisser de temps en temps ses yeux exercés et connaisseurs sur les simples copies qui sont commandées par l'État à de jeunes peintres ignorés, en qui se dérobent souvent les célébrités du lendemain. Elle faisait attention à tout, à l'exécution d'abord, ensuite à l'air du jeune apprenti, à son plus ou moins d'assiduité; sans que l'on pût s'en douter, elle faisait exactement la police de l'endroit, mais elle se réservait de faire d'agréables surprises à ceux qu'elle avait remarqués. Elle s'informait de leurs demeures, et leur faisait accepter des commandes; d'autres fois elle frappait aux portes des ateliers dont elle s'était faite la Providence; et elle y achetait souvent des études improductives dont elle faisait des dons secrets aux plus pauvres églises de la ville et de la banlieue.

Lorsqu'à l'étalage d'un libraire elle apercevait un de ces ouvrages dont la forme soignée et le titre engageant ne suffisent pas pour attirer les acheteurs, le nom du débutant n'étant pas encore connu, elle se hasardait, elle essayait de porter bonheur au jeune auteur ignoré, en *étrennant*, comme on dit, la vente de son livre. Elle ne se contentait pas de prendre le volume, comme pour l'acquit de sa conscience; elle était plus scrupuleuse dans l'accomplissement de sa bonne œuvre. Le livre acheté, elle ne dédaignait pas de le lire; elle passait sur les défectuosités de forme qui sont l'accessoire d'un essai; elle avait le courage d'examiner et de juger, et lorsque l'examen était à l'avantage de l'auteur, le livre demeurait ouvert sur la console du salon; au premier jour de réunion, il en était lu des passages, de la voix si influente de mademoiselle Marie, et, après le baptême de cette première lecture, le jeune homme était tout surpris de voir le titre de son œuvre en grosses lettres dans les journaux; la presse ne pouvait pas moins faire que de louer un livre après qu'il avait été apprécié par un connaisseur aussi délicat et aussi impartial. Elle n'imposait pas son opinion, et pour qu'elle eût plus de poids, elle était un peu avare de son suffrage, mais il était naturellement acquis au mérite réel, et nulle n'était plus habile à le mettre en lumière.

Peut-on imaginer une existence plus douce que celle de cette jeune personne, douée de qualités réelles, entourée d'hommages sincères, dépensant à faire des heureux un bien qui n'avait sans doute passé dans ses mains plus pures que par une disposition spéciale de la Providence?

Cependant, il manquait à cette âme d'élite le complément des jouissances, un sentiment qui aurait doublé les siennes en les partageant, un amour noble et pur, comme elle pouvait le concevoir, comme elle était si digne de l'inspirer. Longtemps elle en avait rejeté l'idée, en songeant à la promesse qu'elle avait faite à son père de ne vivre que pour lui; elle trouvait beau d'acquitter par le sacrifice de tout son dévouement la dette qu'elle avait contractée envers lui, en recevant du lui le fruit de ses peines. Cependant il lui arrivait de soupirer profondément, et de penser que, si son père y consentait, dans le cas où son cœur se déclarerait enfin pour un de ses nombreux adorateurs, il pourrait y avoir un accommodement entre la tendresse filiale et le nouveau sentiment qui la dominerait. Elle y avait songé quelquefois vaguement et sans s'arrêter à cette idée, qui ne s'appuyait sur rien dans son cœur. À la suite d'une de ses courses de bienfaisance artistique, elle avait déposé sur

le secrétaire de sa chambre à coucher plusieurs livres d'auteurs inconnus, achetés dans le but charitable que nous avons révélé plus haut. Après avoir changé de toilette, elle prit au hasard un de ces volumes, et se mit à le parcourir. Elle se sentit gagnée par cette épreuve, et, l'heure de son dîner venue, elle ne put se détacher de cet ami nouveau, qu'elle admit à l'honneur de sa table, et avec qui elle s'oublia, au détriment de son léger estomac, moins avide que son esprit et que son cœur peut-être! Pendant les apprêts de toilette du soir, le nouvel ami ne fut pas congédié; il suivit la jeune maîtresse de maison dans le salon de réception, où il fut présenté aux autres amis qui durent en être jaloux, mais qui néanmoins le fêtèrent à l'envi, et promirent de le répandre dans le monde.

Le lendemain, mademoiselle Marie fit prendre du nouveau livre cent exemplaires, qu'elle distribua à ses intimes; elle en fit relier avec le plus grand luxe plusieurs, qu'elle dispersa sur tous les meubles du salon et du boudoir. Elle en mit tout un rang dans son étagère. L'ouvrage d'un débutant ne méritait pas, certes, une si belle ovation, mais il avait parlé au cœur de Marie-Louise, et il ne devait pas y avoir de limite à l'expansion d'un cœur aussi large et aussi élevé.

L'épanouissement de la jeune fille fut tel à ce moment, que par des indiscrétions ingénues elle trahit un mystère qu'elle avait jusqu'alors dérobé à tous les regards. Depuis longtemps elle recueillait jour par jour ses impressions intimes et ses observations extérieures. On sait qu'avec la fameuse maxime: *Nulla dies sine linea* (une ligne tous les jours), on arrive, sans s'en apercevoir, à entasser des matériaux énormes. Marie se mit à rassembler les feuilles éparses où étaient consignés les secrets de sa pensée; elle fut pour elle-même d'une sévérité outrée; elle ne prit que la substance et comme la sue de ses sentiments; elle leur donna ensuite une expression régulière, élevée et naïve comme elle; elle imprima à son style son individualité, c'est-à-dire le suave de la grâce, de l'intelligence et de la force. Quand le recueil commença à grossir, elle en dit quelques mots, et on se mit à la supplier de ne point posséder en avare; la publicité, cette tentatrice des auteurs, lui fit les avances les plus séduisantes; son cercle ne lui laissa pas de paix qu'elle n'eût fixé l'époque où elle offrirait à ses amis les fleurs épanouies de son imagination et les primeurs de son intelligence.

Un jour fut choisi à cet effet, et les invitations furent spéciales. À peine le bruit eut-il circulé dans la société de Marie Bonnard, qu'il en passa les limites et devint public dans la capitale.

Les penseurs, les artistes et les femmes du monde se mirent en frais de style pour obtenir de la charmante lectrice d'assister à un début qui s'annonçait sous des auspices aussi favorables.

Les lettres furent lues et appréciées; il en fut rejeté un grand nombre. L'une d'elles était accompagnée de l'envoi d'un volume relié en maroquin vert, dont le titre et le nom d'auteur firent tressaillir Marie-Louise; elle décacheta le billet avec impatience, et lut:

« Mademoiselle ,

« L'auteur du petit livre que j'ose vous adresser
« serait-il assez heureux pour obtenir d'être admis
« à la soirée où vous ferez votre première lecture? Il
« a des motifs très-sérieux de désirer cette admission.
« J'espère, mademoiselle, que vous ne lui refuserez
« pas une grâce qu'il vous est si facile de lui accorder.

« Veuillez agréer, etc.,

                    « CHARLES DE LUCENAY. »

Ce billet était froid et guindé; son ambiguïté dé-
plut à mademoiselle Marie, mais le nom de l'auteur
et son envoi prévenant l'eurent bientôt fait excuser.
La charmante maîtresse de maison répondit à cette
demande singulière par quelques lignes légèrement
écrites en apparence, mais qui jaillirent du plus profond de son cœur :

« Venez, monsieur, vous qui avez déjà été lu et
« apprécié; vous lirez encore, j'ose l'espérer, et ce
« que je dirai après vous ne sera que pour établir un
« contraste et faire mieux ressortir votre talent.

« Agréez, etc.

                    « MARIE-LOUISE BONNARD. »

Ces petites lignes, que tant d'autres auraient baisées
avec effusion dans la solitude de leur mansarde, furent accueillies par un mouvement de colère que le
lecteur s'expliquera difficilement.

Qu'il se représente une petite chambre délabrée et
en désordre, où le talent vit accouplé à la misère;
qu'il se figure, gisant sur un grabat, un jeune
homme d'une famille anciennement riche, beau, fier,
avide de jouissances, et réduit à vivre au jour le jour
du salaire éventuel de sa prose alignée. Telle était
la position de l'auteur du livre qui avait charmé Marie-Louise Bonnard et lui avait révélé son cœur. Dès
l'âge de dix-huit ans, Lucenay avait quitté sa province, et il était venu à Paris, avec une éducation ina-
chevée et sans autres ressources, lutter avec sa
plume contre la misère et la faim. Pour ôter toute
prise aux jalousies de clocher qui assaillent les débu-
tants, il avait pris un pseudonyme. A force de travail, il avait réussi à végéter, et son caractère s'était
aigri au milieu de ses désespoirs de tous les soirs, qui
n'avaient d'autre remède que l'espérance du matin.
Ce qui avait contribué à assombrir sa misanthropie,
c'était un souvenir d'enfance qui se résumait dans sa
pensée par un nom, et ce nom était celui du père
Bonnard.

N'entendant parler que de sa fille, il lui avait écrit
dans un accès de rage et de désespoir, et en lisant les
choses aimables qu'elle lui avait répondues, il avait
laissé échapper cette bizarre et orgueilleuse exclamation : « On dirait encore qu'elle me protége! » Il
fit la revue de ses hardes dans l'intention de profiter
brutalement de cette invitation plus que polie. D'un
coup d'œil il s'assura qu'il n'était pas en état de se
présenter dans un salon.

Il chaussa des souliers grimaçants, endossa un pa-
letot sac usé et descendit quatre à quatre les escaliers
de ses cinq étages. Il courut chez son libraire, qui,
contre son ordinaire, l'accueillit en souriant.

« Eh bien! ça se vend le Lucenay, ça se vend, lui
dit l'éditeur tout joyeux; cent cinquante exemplaires
en trois jours!

— Cent cinquante exemplaires! reprit Charles, ah!
tant mieux; je croyais venir emprunter, et je vois
qu'il doit me revenir une petite somme. »

Le négociant fit retentir agréablement aux oreilles
de Lucenay les ressorts solides de la serrure de sa
caisse, compta cinq cents francs qu'il étala en piles
sur sa banque de chêne, en priant le jeune homme
de recompter.

« Voilà ce que je vous dois, dit-il d'un air satisfait,
mes frais sont prélevés. »

On dit que la richesse endurcit le cœur : il semble
que l'axiome ne mentit pas dans cette circonstance.
Il passa sur les lèvres de Charles un sourire sardoni-
que; ses dents et ses lèvres se serrèrent, il sortit presque sans remercier, et laissa le bon éditeur tout
effrayé de l'expression contractée de sa physionomie.
Une somme inespérée tombant comme du ciel dans
la mansarde d'un écrivailleur change ce réduit en un
palais, et fait de son hôte plus qu'un roi. La vue des
cinq cents francs produisit sur Lucenay une impression toute contraire. Aurait-elle donc été pour lui ce
qu'est pour un lion d'Afrique emprisonné dans sa
cage la vue de la première goutte de sang? Aurait-
elle éveillé en lui une soif immodérée? Au lieu de
se réjouir, de songer à convier ses amis au festin
obligé de réjouissance, il s'empressa de courir chez
les fournisseurs et de se vêtir au complet; pendant les
deux jours qui précédèrent la soirée de la rue de Lille,
il demeura cloîtré. Tous ceux qui l'avaient entrevu
avaient remarqué l'expression farouche et haineuse
de sa physionomie.

Le jour venu, il ne s'étudia plus qu'à dissimuler,
qu'à se faire un masque impassible, et quand il fit
son entrée dans le salon où il était attendu avec un
amoureux pressentiment, quand l'hôtesse vint à lui,
timide cette fois, levant sur lui ses yeux tendres
comme pour lui demander une grâce, il réussit à lui
rendre un regard si glacial, que mademoiselle Marie
pâlit.

Ce soir-là, sa beauté se montrait dans toute sa
splendeur de sa simplicité. Ses cheveux, noués négligemment, semblaient affaisser de leur poids sa tête
légèrement repliée en arrière, ce qui faisait ressortir
mieux la ligne suave de son cou, souple comme celui
des cygnes, d'une blancheur non moins éclatante et
plus douce que celle du marbre et de l'ivoire : une
robe blanche, plus drapée que ne le permit la mode,
laissait deviner les contours et l'élégance de la taille
sous l'arrangement des plis retombant avec grâce. Ses
bras nus défiaient la peinture par leur éclat, et la sta-
tuaire par cette fermeté molle que le ciseau donne
difficilement au marbre; des statues grecques elle
n'avait que le profil, et où s'arrête la ligne de leurs
fronts étroits, le sien se développait en signe d'intelligence; elle semblait faite pour commander à la fois
l'amour et l'admiration. La confiance modeste que lui
avait inspirée l'unanimité continue des suffrages avait
fait naître en son esprit une illusion qui venait de
s'effacer; elle avait espéré que Charles la trouverait
belle, et aurait pour elle les yeux indulgents de tout
le monde; elle s'était trompée, et ce désappointement,
le premier de sa vie, était aussi le plus cruel qui pût
lui arriver. Elle se rassura cependant, et puisa dans
son cœur assez de force pour pouvoir paraître aima-

ble et subjuguer ses nombreux invités, hormis le dur, le haineux et inflexible Charles. Elle voulut prendre sur elle de dompter un ressentiment qu'elle ne s'expliquait pas; elle s'approcha du jeune auteur en tenant à la main le livre de maroquin qui s'était insinué chez elle par une trahison qui rappellerait le baiser de Judas, et adoucissant sa voix et son regard, comme dut le faire Jésus lorsque, voyant le fouillis parmi les gens armés de bâtons, il lui dit cependant : « Mon ami, » Marie-Louise le pria de choisir dans son livre ce qu'il jugerait devoir faire le plus d'impression sur les assistants. Charles parut enchanté et remercia du bout des lèvres assez gracieusement. Il s'assit et commença de lire; il eut bientôt gagné tout le monde, et Marie accourut pour le remercier et lui serrer la main. Il eut hâte de se retirer dans un coin du salon, en lançant au père Bonnard, qui était venu ajouter ses félicitations à celles de la fille, un regard terrible dont le vieux bonhomme ne dut pas comprendre le sens. La lecture de Charles avait attiré autour de lui l'élite des hommes les plus distingués et des femmes les plus aimables. Ceux et celles qui n'avaient pu s'approcher de lui semblaient s'estimer bien heureux de n'avoir pas entendu signaler plus tôt un talent de cette vigueur. À ce moment, il semblait à Marie-Louise qu'au lieu d'être, chez elle, la maîtresse de la maison, elle n'était qu'une humble convive admise dans un salon étranger, où elle avait le bonheur de rencontrer et d'entendre Lucenay. Son cœur battait avec violence, elle eût voulu se louer un fiel, n'avoir de sourires, de paroles et de grâces que pour lui; mais sa position, aux yeux de son cercle, le lui interdisait; elle avait même pris soin de cacher discrètement tous les exemplaires qu'elle avait achetés de son auteur privilégié; elle n'avait laissé voir que le volume précieux où la main du sauvage avait écrit :

« A mademoiselle Marie-Louise Bonnard, en souvenir de

« CHARLES DE LUCENAY. »

Comment aurait elle pu deviner qu'un sentiment de vengeance avait dicté cette ligne fatale?

Mademoiselle Marie ne se serait fait aucun scrupule de manquer à la promesse qui était l'objet de la réunion, pour abandonner le triomphe entier de la soirée au nouvel invité; mais elle fut rappelée si unanimement et avec tant d'instances, qu'elle se vit obligée de dérouler son manuscrit, de se mettre en évidence et de lire à son tour.

C'était le moment attendu par Charles de Lucenay.

Il choisit l'oreille d'un critique dont il connaissait la malice, et pendant que la lectrice intéressante disposait son auditoire à l'écouter en promenant sur lui des regards doux et suppliants, Charles dit à ce critique, en lui désignant du doigt le père Bonnard : « Vous voyez ce vieux bonhomme....., » et il murmura, assez haut pour être entendu de ceux qui l'entouraient, des paroles qui exercèrent un pouvoir magique sur ceux qui les entendirent. On se resserra autour de Lucenay, et il se mit à conter à voix basse une histoire scandaleuse qui détourna de la lecture de Marie l'attention d'une foule de curieux.

Il faut renoncer à peindre les anxiétés dont Marie-Louise dut être tourmentée à cet instant terrible et décisif pour son bonheur et pour son avenir. Jeune fille, elle posait un pied téméraire sur le seuil de la vie privée; elle se livrait, pour la première fois, aux jugements et aux sarcasmes, elle qu'on avait enivrée d'adulations et d'hommages. En même temps que son esprit se jetait en proie aux envieux, son cœur se donnait à un homme qui s'apprêtait à le déchirer. Forte, elle subit cette épreuve sans faiblir; elle entendit chuchoter autour d'elle et ne leva pas les yeux. Charles occupait toute l'attention; Louise le sentait par cette divination intime qui gagne l'orateur et qui le glace, quand son auditoire se refuse à l'entendre. Elle fit des efforts violents, inouïs sur elle-même, et continua de lire avec fermeté, jusqu'à ce que, lasse et harassée, regardant timidement autour d'elle comme pour implorer un suffrage, elle aperçut à l'autre bout du salon Lucenay, dont le regard froid se tenait audacieusement fixé sur le sien; elle frissonna et s'interrompit; le cercle qui l'entourait Charles profita de cette interruption pour se lever et s'écouler imperceptiblement.

Charles allait sortir lui-même, mademoiselle Marie se précipita pour le retenir; elle l'arrêta à la porte par le bras, et lui dit en lui montrant des larmes sur ses joues enflammées :

« Qu'avons-nous fait qui vous ait déplu ? de grâce!

— Vous le saurez demain, dit Lucenay, d'un ton dramatique, tout Paris vous l'apprendra. » Et il se dégagea de son étreinte pour sortir.

Marie, se retournant, vit ses amies se disperser à la hâte, comme si elles eussent redouté d'être les témoins d'une scène violente. Elle trouva son père à ses côtés, et lui sauta au cou en l'inondant de ses pleurs. Un tremblement nerveux agitait le vieillard.

« Quel est ce serpent qui s'est glissé dans ma maison et jusque dans le cœur de ma fille? disait-il avec rage; je saurai l'atteindre et l'étouffer, je vengerai mon enfant!

— Grâce pour le coupable! grâce pour Lucenay! répondit Marie avec une expression indéfinissable de résignation et de tendresse. Ayez pitié de lui; mon père, ayez pitié de lui; je l'aime! »

Le lendemain, mademoiselle Bonnard reçut une foule de lettres qui annonçaient des départs précipités pour la campagne, des maladies subites, des missions extraordinaires, et toutes ces missives ne lui apprenaient rien, sinon que son règne était passé sans qu'elle en pût deviner la nature et le motif réel.

Mais un anonyme charitable s'était chargé du soin de lui éclaircir cette ténébreuse intrigue. Quand elle ouvrit le billet, son père était présent; il vit sa fille changer de couleur et s'évanouir presque aussitôt. Avant que de songer à la rappeler à la vie, il se jeta sur le papier accusateur, et dès les premières lignes il sentit une sueur glacée découler le long de ses tempes chauves. Voici ce qu'on écrivait à sa fille :

« Mademoiselle,

« Il y a vingt-deux ans, votre père était un petit « marchand dans une petite ville des environs de « Paris, envahie par les alliés en 1814. Votre père pas-« sait pour un honnête homme; une dame âgée, sa « voisine, qui avait entassé dans une cassette son pa-« trimoine, sa dot et le fruit de ses épargnes, redou-

Moeb Louise Bernard.

« tant les suites de l'invasion, lui confia son trésor
« pour qu'il l'enterrât dans son jardin. Sur ces entre-
« faites, la bonne femme mourut, en révélant à ses
« enfants que votre père était le dépositaire de leur
« héritage, et elle accusa un chiffre assez élevé. On
« réclama vainement la cassette au dépositaire indi-
« qué. Il prétendit que les Cosaques l'avaient déterrée
« et en avaient fait leur profit. A cette époque, la ru-
« meur publique l'a forcé de s'expatrier ; il est venu
« se cacher à Paris pour y faire fructifier son larcin.
« Vous jouissez du produit de ce vol et de la fortune
« de M. Charles de Lucenay, le seul héritier vivant
« de cette famille. Charles de Lucenay est un pseudo-
« nyme d'auteur, le vrai nom du jeune héritier est
« Louis Verdun. »

La vue de ce dernier nom fut un coup de foudre
pour le père Bonnard, qui demeura accablé.

Quand sa fille revint à elle, il se hâta de protester
de son innocence, en maudissant l'anonyme, en accusant tout haut Verdun. La jeune fille resta longtemps
pensive, hésitant entre son amour et son respect in-
vincible pour son père. Mais l'amour triomphant
dans son esprit, elle se jeta aux genoux du vieillard,
et lui dit en les embrassant et en sanglotant :

« Je vous accuse, mon père, mais pardonnez-moi,
je l'aime. Avouez-moi que vous êtes coupable, et cet
aveu vous absoudra. Oublions-nous : nous pouvons
réparer le passé, nous pouvons restituer ; restituer,
mon père ! »

L'amour paternel et l'avarice se livraient dans le
cœur du vieillard un combat à outrance ; ses poings
se resserraient comme pour retenir leur proie ; son
œil fauve étincelait, comme s'il eût vu son or passer
dans les mains d'un ravisseur. La vue même de sa
fille ne faisait qu'irriter sa passion.

« C'est ton bien ! s'écria-t-il plusieurs fois d'une
voix sourde, je l'ai payé de mes sueurs, de mes privations...

— Et de votre honneur ! lui cria sa fille. Rachetons
votre honneur, je suis disposée à tous les sacrifices ;
faites-moi l'aveu de votre faute, elle sera oubliée et
réparée. »

Le juif se mit à réfléchir ; mais sa fille, voyant que
la réflexion l'endurcissait, lui sauta au cou et lui dit :

« Vous l'avouerez, ou je meurs ; je ne pourrais sur-
vivre à la honte d'avoir un père coupable et obstiné.
Voulez-vous que je meure ! » s'écria-t-elle plusieurs
fois en l'étreignant avec force. Et le père vaincu tomba
aux pieds de sa fille.

Charles, qu'elle ne pouvait pas apercevoir...

« Oui, j'ai volé la fortune des Verdun, dit-il faiblement.

— Est-ce tout ce que vous reproche votre conscience? reprit sa fille en se mettant à genoux à côté de lui, et en continuant de le tenir embrassé.

— Oh! nous avons tous les jours volé, tous les jours, ta mère et moi; c'est pourquoi la malheureuse est morte suffoquée de désespoir.

— Dieu vous pardonnera, dit l'enfant ému, puisque vous avouez, et que nous pouvons tout réparer à l'aide de vos souvenirs. Nous rendrons tout, et, s'il le faut, je travaillerai pour vous nourrir : le ciel m'a donné du courage; nous nous purifierons, mon père, nous nous réhabiliterons aux yeux de Dieu et même aux yeux des hommes.

— Tu ne les connais pas, ma fille, ajouta le vieillard; ils sont plus sévères que Dieu.

— Allons, courage! continua Marie; n'avez-vous pas déjà expié votre faute par vos privations? ne l'avez-vous pas atténuée par votre tendresse pour moi? Nous finirons de la racheter à nous deux; laissez-moi vous prouver à mon tour que je sais vous aimer. » Ils se relevèrent soulagés.

Les yeux de ce vieillard coupable venaient de se dessiller; il avait entrevu le bonheur réel dans les satisfactions de la conscience; il connaissait la vraie lumière; il en avait vu le rayonnement dans les yeux de cet ange que le ciel avait fait descendre vers lui pour le tirer de l'abîme du déshonneur.

Il écrivit la confession générale de ses rapines et en donna la liste à son enfant, qui fit mettre en vente l'hôtel de la rue de Lille. Elle se réfugia ensuite avec son père dans un quartier populeux, où elle fut occupée pendant deux mois au travail si difficile mais si consolant de la restitution.

Un soir Verdun était dans sa mansarde et s'entretenait avec un de ses amis de l'esclandre de la rue de Lille, de la fermeture de l'hôtel et de l'évasion des propriétaires. L'ami de Verdun, maître clerc d'une des principales études de la capitale, se permettait de dire au jeune lettré qu'il avait agi comme un sot; qu'il aurait dû se ménager une restitution partielle, plutôt que de sacrifier ainsi la somme pour le plaisir de décrier une maison en renom.

« Je ne transige jamais avec mes principes, disait Verdun; s'il ne m'était pas revenu que ces misérables se donnaient du relief avec mes écus, je n'aurais pas bougé; s'ils s'étaient contentés de manger en cachette le bénéfice de leur déshonneur, je n'aurais pas soufflé le mot; mais ils ont eu le front de s'afficher!

d'ouvrir un hôtel Rambouillet! Ils ont voulu usurper la considération qui n'est due qu'au mérite; je ne leur ai pas pardonné, je les ai punis; j'ai été l'instrument de Dieu; je me regarde comme remboursé. Justice a été faite; ils sont rentrés dans leur trou, et ils n'en sortiront pas que je sache. Du reste, je suis déjà récompensé de ma bonne œuvre; notre aventure a fait du bruit, mon nom a été murmuré, la vente a continué; Dieu me rend ce qu'ils me retiennent et dont je me passe fort bien.

—Allons, mon cher, tu es eu tort, reprenait le juriste pratique; au lieu de l'inquiéter de la société et de la justice en général, tu aurais dû penser à toi-même et à la justice qui t'est due; mais tu n'as pas songé à rien gagner, et tu n'as pas hésité à tout perdre. »

La conversation continuait sur ce ton de discussion, quand on frappa doucement à la porte de Charles, et un homme de confiance entra chargé d'une cassette si lourde, qu'il pouvait à peine la porter.

« C'est bien ici chez M. Verdun? dit-il en entrant.

— Oui, mon cher.

— C'est vous qui êtes M. Verdun? Cette cassette est pour vous; voici une petite clef, ajouta-t-il, et une lettre qui vous fera connaître le secret de la serrure; le factage est payé. » Le porteur se retira discrètement sans attendre de pour-boire. La surprise des interlocuteurs fut grande, lorsque Charles, ayant ouvert la lettre, lut ce qui suit :

« Monsieur,

« Je vous remercie de m'avoir offert l'occasion d'une « restitution légitime; je vous demande pardon à « genoux pour mon père, qui est navré de douleur et « ne songe qu'à implorer la clémence de Dieu. Oubliez « une famille qui a nui à la vôtre, et qui se met à vos « pieds pour réparer le tort qu'elle vous a fait.

« Recevez les excuses de votre bien indigne servante,

« Marie-Louise BONNARD. »

Le secret de la serrure était expliqué dans une note jointe à la lettre.

« Eh bien! ouvre, dit le maître clerc.

— Ouvrir! s'écria Verdun retombant assis et cachant sa tête dans ses mains; je suis un monstre! j'ai été un instrument de l'enfer contre un ange du ciel; ma vengeance a été horrible et elle s'est exercée contre une innocente. Où est-elle, mon Dieu! où la retrouverai-je? Que faut-il faire pour lui rendre l'honneur? Que je voudrais être seul! » Et se tournant vers le maître clerc : « Arthur, lui dit-il, jure-moi de garder le secret sur ce que tu viens de voir et sur ce que je vais faire, de ne me démentir nulle part, jure-le. » Arthur se rendit à cette sollicitation pressante et solennelle de son ami.

Charles prit aussitôt la plume et écrivit cette note aux rédacteurs des principaux journaux :

« Monsieur le rédacteur,

« Un jeune homme qui s'était introduit dans le sa- « lon de mademoiselle Marie-Louise B., rue de Lille, « le jour où elle devait faire la lecture de son premier « ouvrage, a eu l'insolence et l'injustice de diffamer « son père au lieu même de cette réunion. Les bruits

« répandus sur M. B. par Louis Verdun, connu sous le « pseudonyme de Charles de Lucenay, sont tous ca- « lomnieux et proviennent d'une erreur où il s'est « laissé induire par des praticiens ignorants « auxquels il avait confié aveuglément ses affaires. « J'ai recours à la publicité de votre journal pour « arrêter le mal, s'il en est temps encore. Sauvez « l'honneur de la famille respectable que j'ai indis- « crètement compromise... etc. »

Cette lettre fut publiée ou reproduite par tous les journaux. Après l'avoir écrite et envoyée, Charles s'était rendu précipitamment à l'hôtel de la rue de Lille, où les nouveaux propriétaires n'avaient pu lui fournir aucun renseignement sur leurs prédécesseurs. Il prit des informations à la police, il remua ciel et terre, sans pouvoir découvrir leur piste. Marie-Louise s'était dérobée à toutes les recherches.

Charles de Lucenay devint sombre et plus misanthrope qu'il ne l'était auparavant. Il s'imposa de ne pas ouvrir la cassette et de mourir de faim plutôt que d'y toucher. Cette résolution lui inspira le goût du travail; il ne quittait plus sa mansarde que pour aller prendre ses repas; il ne se promenait qu'une fois par semaine et s'éloignait de Paris le plus qu'il lui était possible. L'image de Marie-Louise le suivait partout. Il n'avait pas eu de peine à l'élever aux proportions d'une création idéale, belle comme elle était! Tantôt il la voyait douce et agenouillée, sollicitant la grâce de son vieux père; tantôt elle s'offrait à lui menaçante, étendant son bras pour l'écraser, remuant les lèvres pour le maudire. Il ne cessait de lui demander grâce et de l'appeler à lui, le jour et dans ses rêves. Quelquefois il se mettait à parcourir toutes les petites rues des quartiers populeux; il s'arrêtait et regardait aux fenêtres des mansardes; il espérait souvent qu'un matin, entre les liserons et les rosiers du Bengale, et au-dessus des résédas qui encadrent et parfument les chambres des étages élevés, il verrait se dessiner gracieusement la figure qui lui avait apparu si noble. Après plusieurs mois de soupirs inutiles, de courses sans résultat, il découvrit un indice qui lui rendit l'espérance.

Un jour il avait accompagné au *Père-Lachaise* le convoi d'un homme éminent qui s'était intéressé à lui; après lui avoir rendu les derniers devoirs, il s'égara dans les allées de ce lieu qui se trouvait en harmonie avec la mélancolie de ses pensées; il s'arrêta, par passe-temps ou par le mouvement d'une curiosité indifférente, à lire les épitaphes; arrivé auprès d'une demi-colonne noire, surmontée d'un pélican en marbre, il lut :

Ci-gît Louise Bonnard, morte à Paris le 20 mai 1835, victime de sa tendresse maternelle.

Il tressaillit à la pensée que le 20 mai était le lendemain et que Louise pourrait bien venir à la tombe de sa mère le jour anniversaire de sa mort.

Cette idée, qui lui sembla d'abord douteuse et éventuelle, se fixa si bien dans son esprit, qu'avant le soir il était persuadé qu'il rencontrerait Marie le lendemain sur la tombe maternelle.

Il fut au *Père-Lachaise* le 20 mai, à l'ouverture des portes, et se tint caché près de la demi-colonne, de manière à voir les personnes qui pourraient y venir sans être vu lui-même. Ses prévisions ne l'avaient pas trompé. Dans la matinée, il aperçut de loin un petit vieillard qui s'appuyait sur une jeune fille grande et majestueuse, en s'avançant avec lenteur vers le petit mausolée. Le vêtement modeste de la jeune personne ne faisait que relever sa beauté. Elle avait résisté à la souffrance, soutenue par la conscience du bien qu'elle avait fait. Elle tenait des fleurs agrestes qu'elle avait été cueillir la veille dans la forêt de Saint-Germain; elle y avait joint des immortelles et des roses pour atténuer par la signification ou par l'éclat de ces fleurs la tristesse de ses souvenirs. Quand elle fut près de la colonne, elle aida le vieillard à se mettre à genoux, et se tint auprès de lui dans la même posture humiliée. Le front de M. Bonnard s'était rasséréné; ses traits s'étaient adoucis; le sentiment de la souffrance consolée avait remplacé dans sa physionomie celui du remords étouffé.

Marie-Louise était sublime; elle poétisait la douleur mieux que ne le sauraient faire les roses et les statues que l'on voit sous les humbles lettres ou sur les tombeaux fastueux.

Charles, qu'elle ne pouvait pas apercevoir, ploya les genoux dès qu'il la vit et resta sous le charme de son regard et de ses grâces. Quand ils se furent éloignés, Lucenay déroba en cachette quelques fleurs au bouquet déposé pour les porter à ses lèvres et les poser sur son cœur. Ensuite il s'attacha aux pas du couple désolé, qui revint lentement, par le faubourg Saint-Antoine, dans le quartier du Jardin des Plantes, et poursuivit jusqu'à la place Maubert.

Charles aperçut à deux fenêtres d'une maison d'assez méchante apparence deux groupes de jeunes filles de quatorze à dix-huit ans, qui semblaient guetter le moment du retour du vieillard et de Marie-Louise; en effet, la jeune personne levant les yeux, il y eut entre elle et ces groupes souriants des signaux de reconnaissance échangés.

Quand M. et mademoiselle Bonnard furent montés, Lucenay entra dans une des boutiques du rez-de-chaussée et demanda s'il ne demeurait pas au troisième ou un vieillard et sa fille.

« Mademoiselle Marie-Louise? répondit-on.
— C'est bien cela.
— Quelle excellente demoiselle! la providence du quartier, qui était bien pauvre dans les commencements, qui maintient apprend gratis la belle couture à toutes nos jeunes filles.
— Vous ne l'appelez que Marie-Louise? répondit Charles tout ému.
— Marie-Louise tout court; on ne sait pas l'autre nom; elle est d'une famille qui a eu des malheurs.
— Mais comment appelez-vous le père?
— Le père, pas davantage.
— On ne peut guère leur adresser leurs lettres sous ces noms-là.
— Mettez tout bonnement : Mademoiselle Marie-Louise, lingère, place Maubert, 31, ça arrivera tout seul. »

Après ces renseignements, Charles de Lucenay eut hâte de rentrer à sa mansarde; il réunit en une liasse les journaux où avait été insérée la déclaration où il s'était efforcé de réparer l'honneur de M. Bonnard. Il annonça à mademoiselle Marie-Louise qu'il lui renvoyait la cassette sans l'avoir ouverte, et que le lendemain il serait à ses pieds et aux pieds de son père pour implorer leur pardon.

Le soir, mademoiselle Marie-Louise annonça à ses jeunes protégées que l'atelier serait fermé le lendemain.

La réception de la cassette, de la lettre et des journaux, fut pour Marie et pour son père un grand sujet de joie. Ce n'est pas que la vue de cette cassette maudite ne réveillât dans le cœur du vieillard des regrets et des remords; mais ne semble-t-il pas que, quand l'homme offensé pardonne, Dieu ratifie son pardon? Les consolations ne leur avaient pas manqué depuis le jour où ils avaient racheté, autant que possible, l'honneur au prix des jouissances de la vie, mais celle-là était le couronnement des autres. Louise le sentit vivement, et pendant que son père se mandissait lui-même, rappelé à la pensée de sa faute par la vue de l'objet de ses anciennes convoitises, sa fille rendait grâce au ciel et s'estimait plus heureuse qu'au temps où elle se voyait entourée d'adulateurs et d'heureux. Ses effusions ne purent pas demeurer concentrées en elle-même, il fallut qu'elles se répandissent au dehors et sur le cœur du vieillard, comme pour y laver le souvenir d'un passé honteux.

« Vous voilà réhabilité, mon père, dit Marie-Louise, et quel jour! Le jour même où sans doute ma mère a été pardonnée au ciel. C'est Dieu qui a permis cela, parce que nous avons fait tous nos efforts pour que tout le mal fût réparé. Nous n'avons plus qu'à recevoir notre juge, à lui rendre ce qui lui appartient, dit-elle en montrant le coffre d'ébène, et à recevoir son pardon de ses lèvres. Quel beau jour pour nous deux! »

Ils ne dormirent pas de la nuit et n'en furent pas fatigués; la joie est ce qui remplace le mieux le sommeil, et ce qui répare le mieux les forces.

Le lendemain, dès le point du jour, ils furent préparés à accueillir celui qu'ils appelaient leur bienfaiteur, tant ils avaient pris d'empire sur eux-mêmes pour oublier l'atrocité de sa vengeance.

On convint de recevoir Charles de Lucenay dans la chambre du vieillard. Elle n'avait d'autre ameublement qu'un lit en sapin, une table également en sapin blanc, un prie-Dieu et un crucifix. Le père Bonnard n'avait jamais voulu consentir à ce que sa fille y ajoutât un seul ornement. Quelques rayons de bibliothèque soutenaient de vieux livres, des volumes dépareillés de Bossuet, de Fénelon, de Bourdaloue, une vie de l'Empereur, une série incomplète d'anciens almanachs. Louise avait déposé sur la table l'exemplaire relié en maroquin vert qu'elle avait reçu de Charles, dont le fut pas longtemps à l'attendre.

Quand il entra, sa contenance fut embarrassée, mais songeant aux termes de sa lettre, il allait se jeter aux genoux de M. Bonnard; mais celui-ci le devançant, malgré son âge, lui dit d'une voix éteinte:

« Quelle humiliation pour moi, monsieur; vous me montrez où est ma place. Pardonnez-moi, bon jeune homme! »

Sa fille se joignit à lui, et Charles, ne pouvant venir à bout de les relever, mêlait ses prières aux leurs, et leur demandait pardon avec autant d'instances qu'ils en mettaient à le supplier. Cette scène se termina par un torrent de larmes et par un silence prolongé, que nul des trois n'osait interrompre. Enfin Marie prit la parole et remercia Charles en lui prodiguant le nom de sauveur et de bon ange.

« Monsieur, lui dit le vieillard en lui montrant le trésor, je vous supplie d'emporter un objet dont la vue m'est cruelle et me couvre de confusion. Comment pourrions-nous y toucher, pendant que vous, qui en êtes le maître, l'avez su conserver intact, et sans céder à la tentation de l'ouvrir ! Quelle sainte leçon vous avez donnée à un vieillard !

— Laissez-moi l'offrir à la seule qui ait été innocente, dit Charles, et pour qu'elle ne rougisse pas de l'accepter, engagez-la à faire un généreux échange avec celui qui l'a si cruellement offensée. Ce sera la meilleure manière de me prouver qu'elle me pardonne.

— Quel échange ? s'écrièrent le vieillard et Marie étonnés.

— Prenez ce que je vous offre avec mon cœur, Marie, mais ne me refusez pas votre main. »

A cette déclaration soudaine, Marie-Louise, ne pouvant en croire ce qu'elle entendait, leva les yeux au ciel et recommença une prière, en abandonnant sa main aux baisers de Charles. Et comme le père hésitait à se mêler à cette scène attendrissante :

« Nous sommes vos enfants, dit Charles de Lucenay ; appelez-moi votre fils ! »

Après les effusions tendres, Marie-Louise, jetant un regard sur son père, demanda à Charles si son intention était de demeurer à Paris. Charles lut son désir dans son regard et lui montrant l'espace à travers la fenêtre :

« Nous nous envolerons, dit-il, et, comme les oiseaux, nous irons faire notre nid aux bords des eaux, à l'ombre des bois et en bon air. Nous irons nous aimer dans la solitude et y vénérer notre père !

— Quel bonheur ! » s'écria d'une voix ce couple heureux, qui, dans cette première ivresse, sacrifiait à un amour pur et partagé toutes les idées de gloire et d'ambition. Marie demeura quelque temps en extase devant Charles, qui n'avait jamais été plus beau qu'à ce moment. Le travail, la misère, les angoisses profondes d'un amour longtemps désespéré avaient altéré sa physionomie, mais le bonheur la ranimait. Ses cheveux, d'un blond admirable, retombaient avec négligence sur son cou large et bien dessiné ; son port était plein de noblesse, et le sourire de son regard et de ses lèvres était une promesse muette plus sincère que tous les serments réitérés des amoureux. Ses yeux s'étant arrêtés sur le livre de maroquin vert, il le saisit violemment, et arracha le feuillet où il avait écrit :

« A mademoiselle Marie-Louise Bonnard, en souvenir de

        « CHARLES DE LUCENAY. »

Louise sembla le remercier.

« Ceci était une pensée de haine, et je viens de la déchirer, » dit-il. Puis, écrivant à la page suivante :

      « A Marie,

          « LOUIS VERDUN. »

il ajouta : « Au moins que ce nom-là soit un souvenir d'amour ! »

                    PIERRE DUPONT.

FIN.

FIN DE LA POLOGNE

I

La Pologne n'est plus, hélas! on l'a tuée,
Les rois la convoitaient morte ou prostituée;
Elle est morte martyre et jetant aux bourreaux
Le sublime défi des saints et des héros.

Elle est morte cherchant la hampe de sa lance,
Son long regard tourné vers le ciel de la France,
L'imaginant encor, comme au siècle des preux,
Le recours obligé de tous les malheureux.

Hélas! des palais d'or où sommeille la tête,
Aux plus humbles réduits où le reste végète,
Quels cœurs se sont émus, quels bras se sont levés?
Les cœurs sont amollis, les bras sont énervés.

Jadis, un long hourra fût sorti des poitrines;
On eût vu nos aïeux renvoyer aux collines,
Arme au bras, pied levé, la chanson du départ :
Nulle ardeur ne s'éveille à ce dernier regard;
La baïonnette blanche et la pique émoussée
Restent sans mouvement comme notre pensée.

La main qui promet tout d'un geste solennel,
Se glace quand l'honneur lui réclame un cartel.
Sommes-nous morts aussi, qu'à notre insu l'on brise
Le sceau d'une alliance à notre foi commise,

Sans se gâter d'abord, pendant que nous tenons
Notre mèche allumée aux fûts de nos canons!

Les rois avaient juré, ce n'était qu'un parjure,
De laisser vivre au monde, intact et sans injure,
Le reste mutilé d'un peuple guerroyant,
Qui jadis les avait sauvés de l'Orient,
Et qui portait en lui, pieusement gardée,
Quelque tradition d'une sublime idée.
Cinq grands peuples, liés devant Dieu par serment,
Signèrent au traité... Risible monument!

Trois rois le font crouler; et la nation sainte
Aux saules de la rive a beau jeter sa plainte,
Il faut que ses enfants, à travers mille affronts,
Aillent subir le joug de l'un des trois larrons.

Au bord de la Vistule, où son aile surnage,
L'aigle blanc a poussé le dernier cri de rage,
Solitaire, et pareil à l'appel déchirant
Que pousse la brebis quand le loup dévorant
La traîne ensanglantée à son antre. La France,
Après avoir parlé si longtemps d'espérance,
Cherche un crêpe fané pour se voiler de noir,
L'Angleterre marchande a ri dans son comptoir.

ÉLÉGIE.

En quoi! vous êtes morte, ô sublime patrie,
Sans qu'un tambour voilé, sans qu'une batterie
Précédât le convoi..... L'on n'a rien entendu
Qu'un cliquetis de fers en avant du cortége :
On entraînait vos fils vers des tombes de neige,
    Les poings liés, le cou tendu.

Cependant votre cœur se berçait d'un beau rêve,
Votre sang bouillonnait jeune comme la sève
Qui rajeunit le bois dans la saison d'avril;
Votre voix exhalait, dans vos haltes guerrières,
Des chansons d'avenir et de douces prières,
    Insoucieuses du péril.

Quand se tournaient vos yeux vers le passé superbe,
L'espoir en votre cœur verdoyait comme l'herbe
Dans le pavé disjoint des temples ruinés :
L'espoir, ô vieille enfant, vous paissait de chimères,
La tribu de vos fils est captive, et les mères
    Vont étouffant leurs nouveau-nés.

Par instants vous tentiez de ressaisir encore
Le glaive teint de sang qui repoussa le More,
Le fer de Sobieski par Kosciusko brisé.
Il en jaillit toujours de vives étincelles,
Et la gloire faisait pleuvoir ses immortelles
    Sur votre front martyrisé.

Mais le temps est passé des dévoûments sublimes;
Les vierges d'autrefois ont regagné les cîmes :
Plus de foi, plus d'amour et plus de liberté;
La poésie a fui comme elles, et pour dire
Leur hymne funéraire il n'est plus une lyre,
    Une âme où le Dieu soit resté.

L'idée est sans pouvoir désormais; on la nie,
On la tue, et déjà la sombre tyrannie,
Foulant aux pieds linceuls et débris féodaux,
Agite son front chauve et sa main sanguinaire;
Le vautour a poussé trois cris hors de son aire
    Flairant et guettant les oiseaux.

Oh! la Pologne était une idée, elle est morte.
Mais ne craignons-nous pas qu'un coup de vent n'appor
Le vautour qui de haut plane sur ses débris!   [le
La France est une idée aussi que l'on redoute;
Les esclaves du Nord savent par quelle route
    On pénètre au cœur de Paris.

Les verrions-nous encor campés sous nos murailles,
Exercer contre nous d'horribles représailles,
Verser à flots le sang, la vendange et le blé?
Verrions-nous, l'œil hagard, les chefs de nos familles
Pleurer l'honneur éteint des femmes et des filles,
    Au coin de l'âtre violé!

Ah! ce serait une autre alerte
Qu'au premier envahissement,
Une fois la tranchée ouverte,
Quel funèbre épouvantement!
Ce ne serait plus une trombe
Qui roule et qui s'évanouit,
Un carreau de foudre qui tombe,
Dont la chute étouffe le bruit;
Ce serait la dernière bombe,
Peut-être la dernière nuit?

VISION.

Si les glaçons du Nord se fondaient sous le pôle
Et, comme la marée entraînerait un môle,
Faisaient brèche à nos murs, quelle inondation
Digne du chant plaintif des harpes de Sion!
Vous imaginez-vous que la tête du monde
Est arrachée au tronc et nage sur cette onde,
Et voyez-vous Paris, ce mystique lien,
Tranché par le milieu comme un nœud gordien,
Non par un Alexandre enivré de conquêtes,
Mais par le chien-loup ou par la dent des bêtes?
Quel spectacle hideux que des soldats paissant,
Funéraire troupeau, la fumée et le sang!

. . . .

La flamme lèche et mord le toit des édifices;
La ville est un bûcher d'horribles sacrifices;
En des flots de sang noir, sous les chevaux piaffants,
Il roule des soldats, des femmes, des enfants,
Plus heureux de mourir que de voir la patrie
En ce brutal assaut violée et flétrie,
Que de voir, en dépit du sang qu'elle a coûté,
Périr à son printemps la jeune liberté!

Combien le ciel de l'art voit s'éteindre d'étoiles!
Les livres précieux et les divines toiles,
Les colosses de bronze aux socles arrachés
Vont monter jusqu'aux tours la flamme des bûchers;
Les monuments d'hier et les vieilles églises
Heurtent en s'écroulant marbres blancs, pierres grises,
Ogives et frontons d'ordres grecs ou romains;
Le vandalisme impur à de ses lourdes mains
Abattu dans le fleuve ou traîné dans la fange
Toute pierre où luisait l'auréole de l'ange.

Les barbares, vainqueurs et maîtres dans nos murs,
Mènent la saturnale avec des cris impurs,
Voyez-vous ces mangeurs de chair fumée et rance
Essayer de goûter à notre vin de France,
Et rouler sous la table ivres comme Noé
En criant dans leur langue un sauvage Evohé!
C'est la seconde fois que leurs moustaches rouges
Viennent flairer de près nos salons et nos bouges,

Que leurs fourrures d'ours, que leurs sabres traînants,
Leur stupide hauteur de seigneurs à manants
S'étalent dans nos murs. . . . .
. . . . Plus de trêve, on nous traque;
On nous dévoue au knout, et la France est cosaque.

REGRETS.

Quoi ! notre belle France où l'air est tempéré,
Où le droit du plus faible est devenu sacré,
Où la terre commence à n'être plus en friche,
Où le pauvre du moins se croit frère du riche;
La France où chaque année on admire plus verts
Les mystiques rameaux espoir de l'univers,
La France qui portait le drapeau d'une idée
Du plus pur de son sang nourrie et fécondée,
La France dont le nom était un précurseur,
Périr comme a péri la Pologne sa sœur !
Non cet assassinat dont la menace gronde,
Arracherait mille ans d'indépendance au monde.

II

Halte-là les tyrans ! nous ne sommes point morts,
Et, si le crime en vous a tué tous remords,
Les lions endormis vous gardent leurs colères;
Ne touchez qu'en tremblant à leurs fauves crinières.

Votre plume a rayé la Pologne d'un trait :
Demain, si nous voulions, son peuple renaîtrait ;
Que dis-je ! il est vivant; par tous pays il erre
Afin d'ensemencer de sa haine la terre,
Et, partout où les cœurs sont neufs et préparés,
Propager les bourgeons des arbustes sacrés.

Quand un peuple est semé du couchant à l'aurore,
A tous les vents il porte un secret qu'il ignore;
Sa présence est pour tous un problème; on se dit :
Quelle est la mission de ce peuple maudit ?
Le juif avare garde au fond de sa cassette,
Comme un diamant pur à multiple facette,
La bible de Moïse et les livres anciens;
Le Nouveau Testament doit avoir ses gardiens.

Dieu t'a marqué du doigt, ô peuple de Pologne,
Émigre de tes nids, comme fait la cigogne,

Qui poursuit le printemps de climats en climats ;
Attache ta fortune au sort de tous les mâts;
Traverse les déserts, les mers et les royaumes ;
Que tes fils soient savants dans tous les idiomes,
Comme autrefois les douze envoyés par le Christ;
Car la moisson verdoie et la vigne fleurit.

Il faut des ouvriers au père de famille ;
Que toute serpe oisive et que toute faucille
S'aiguisent pour les jours des solennels travaux :
Le blé rompra la grange et le vin les caveaux.
La terre ne veut plus de joug que l'Évangile :
On a trop adoré l'idole aux pieds d'argile.

Sur son socle hautain, Nabuchodonosor
Est tout resplendissant d'argent, d'ivoire et d'or;
Mais la pierre qui doit le renverser est prête,
Et Dieu lui tend déjà son vêtement de bête.

Le règne va finir de ces hommes entiers
Qui, pour voir de plus haut les vulgaires sentiers,
Et s'être par le fer, l'astuce ou le génie,
Ouvert un sillon d'or dans la sphère finie,
S'isolent dans l'orgueil, conquérants ou savants,
Et voudraient absorber le reste des vivants.
Plus de note perdue et de chant solitaire,
Qui détruise l'accord du ciel et de la terre;
Tous ceux qui disent : Moi ! seront petits et doux
A leur tour, quand chacun osera dire : « Nous. »

Nous, c'est l'accord parfait de l'humaine harmonie,
L'équilibre trouvé de chaque force unie,
Le but où sont poussés comme fatalement
Ceux même qui s'en vont dans leur isolement.
Un souffle printanier a passé sur le monde
Et fait mûrir partout la semence féconde
Dont les épis déjà fauves et ruisselants
Semblent dire aux sillons que les faucheurs sont lents.

A l'œuvre, moissonneurs dont l'âme est fraternelle!
De l'acier recourbé secouez l'étincelle !
En avant, Polonais! ouvrez-nous les chemins,
La lance au poing, la faux de la mort dans vos mains.
Comme le vent du Nord agite un vieux mélèze,
La France, en entonnant la vieille Marseillaise,
Dont la cadence darde au cœur des bataillons,
Comme au flanc des taureaux de sanglants aiguillons,
Fera courir le vent d'une sourde panique
Dans les rameaux flétris de l'arbre tyrannique.

La mère des humains, la Terre, à cet accent,
Se réveillera jeune, et, fière de son sang,
Par ses sombres échos et par toutes ses fibres
Fera chanter en chœur ce chant des hommes libres;
La cohorte des vents, ces messagers de Dieu,
Le secouera d'un pôle à l'autre comme un feu.
Et des vastes cités, ces centres des lumières,
Aux plus petits hameaux où fument trois chaumières,
Des hommes surgiront, conquérants inconnus,
Qui viendront au signal, sans appret, demi-nus,
Fronts d'airain, cœurs de bronze, armés à l'aventure,
Pour défendre leurs droits et ceux de la nature.

On distinguera moins dans ce troupeau sacré
Des divers étendards le reflet bigarré,
Qu'un bel arrangement d'ordre et d'intelligence.
Le poète qui rêve et le savant qui pense,
L'artiste qui surprend l'étincelle au soleil,
Et l'artisan obscur, estimé le pareil
Des plus hauts dont le front appelle un diadème,
A la condition qu'il travaille et qu'il aime,
Marcheront confondus aux mêmes bataillons,
L'amour et le génie illustrant les haillons.

* * *

DÉFI.

Eh! qu'opposerez-vous à vos brigands sublimes,
Monarques absolus qu'on nomme légitimes,
Qui, vous croyant murés derrière vos bastions,
Sous ombre de complots et de séditions,
Étouffez toute idée à l'instant qu'elle couve,
Comme font vos manants des petits d'une louve?

Je sais que vos loisirs, inquiets et troublés,
S'usent à dénombrer, à toute heure assemblés,
Vos soldats, bataillons, escadrons, batteries;
Flottes, gardes du corps... Ce sont vos rêveries.

Ces hommes arrachés aux rustiques travaux,
Vêtus de drap luisant, hissés sur des chevaux,
Touchant au lieu du soc une éclatante armure,
En qui la discipline étouffe tout murmure,
Sont autant d'instruments que vous faites mouvoir
Avec deux mots sacrés : l'honneur et le devoir!

Belle forêt d'acier où reluit l'écarlate,
Comme au sein des moissons le pavot rouge éclate,
Vous en êtes tout fiers : comme un paon radieux
De sa queue au soleil fait miroiter les yeux,
Ainsi vous déployez en vos jeux stratégiques
Cet immense éventail plein de reflets magiques.

Il est beau quand on voit de sa selle à ses pieds
Toute une armée immense, étendards déployés,
Hennissante, piaffante et respirant la poudre,
De pouvoir d'un coup d'œil allumer cette foudre;
Quel admirable orgueil, en voyant ce grand corps
Qui restera debout après dix mille morts,
Et renaîtra toujours du sang et de la flamme,
De se dire : Je suis sa pensée et son âme!

Oui, si l'on porte en soi quelque vaste dessein,
Et si, tout en menant ce formidable essaim,
Aux fanfares du cuivre, à quelque grande guerre,
On sait qu'il en naîtra le bonheur de la terre.
Vous, votre seul destin occupe vos esprits!
Que les autres pour vous travaillent, mal nourris,

Suants ou grelottants, ou mourants à la peine,
C'est leur lot, et le vôtre est de river la chaîne.

Faites creuser encor plus profond les fossés;
Que les murs plus épais, plus hauts, plus hérissés,
Se dressent aux abords des sombres citadelles,
Revêtus de canons, peuplés de sentinelles;
Arrachez tous les ans à l'industrie, au sol,
A l'amour, à la vie, au chant du rossignol,
Aux baisers de la mère ou de la fiancée,
La fleur de la jeunesse, et qu'elle soit dressée
Comme on fait les limiers à courre, non le daim
Ou le cerf larmoyant, mais le gibier humain.
Il faut qu'à votre voix, et qu'au moindre caprice,
La terre autour de vous de soldats se hérisse.

Que l'enclume résonne au sein des arsenaux;
Que, les soufflets géants excitant les fourneaux,
On fourbisse à toute heure un millier d'armes blanches;
Que la fonte coulant en rouges avalanches,
Se moule en arme à feu; qu'un peuple tout entier
Soit pour l'orgueil d'un seul suant sur le chantier;
Que les mortiers chargés attendent l'étincelle;
Que tous vos escadrons au son du boute-selle,
Et tous vos fantassins au premier roulement,
Soient prêts à s'ébranler silencieusement.

Pour qui? Pourquoi? Grand Dieu! faut-il que l'on aspire
A vous prendre une part dans votre grand empire!
On s'adjuge la terre, hélas! faute de mieux;
C'est par grâce, je crois, qu'on vous laisse les cieux.

Homme, qui que tu sois, qui crois voir dans tes rêves
Ton empire étendu sur les flots et les grèves,
Qui te dis en ton cœur : « La foule est un bétail;
Elle doit au plus fort son sang et son travail;
Et le plus fort c'est moi! De là je m'autorise
A posséder la terre, elle est de bonne prise! »

Fais seller ton cheval, despote impétueux .
Va par tous les chemins larges et tortueux,
Aux éclairs de ton glaive entraîne ton armée,
Nuage aux flancs chargés de sang et de fumée;
Fais les murs s'écrouler au bruit de tes clairons,
Et sur tous les parvis sonner tes éperons;
Fais les grandes cités pleurer comme des veuves,
Leurs larmes se mêlant à la pourpre des fleuves,
Et fais sur ce grand deuil, du haut de chaque tour,
Ton étendard planer comme un sombre vautour.

Immole une moitié pour être sûr du reste,
Sur les pâles humains passe comme la peste :
Il faut pour conserver l'empire, même absent,
Avoir semé d'abord la terreur dans le sang;
Sois un autre Attila, plus cruel; moins farouche,
Laisse poindre un sourire aux plis fins de la bouche;
Les grands se laissent prendre à l'affabilité,
Ils t'abandonneront la terre par traité,
A la condition de reprendre une place
Dans ton nouvel empire et dans ta bonne grâce.

Tes desseins parcourus, rentre comme un vainqueur,
A cheval, le front haut et la main sur le cœur,

Halte-là les tyrans! nous ne sommes point morts!

Humant les cris de joie et l'air de la victoire,
Dotant de quelque mot ta suivante l'Histoire.
Assieds-toi sur ton trône, et, vêtu de rayons,
Regarde sous tes pieds toutes les nations.
Que les perles et l'or ceignent ton front superbe,
Réunis dans ta dextre en fulminante gerbe.
Tous les pouvoirs humains et le spirituel :
N'es-tu pas le plus haut et le plus près du ciel ?

Les peuples sont couchés à l'ombre de ton glaive,
C'est pour toi chaque jour que le soleil se lève,
Et, de ses rayons d'or brûlants et pénétrants,
Fait jaillir de partout en splendides torrents
Fleurs, fruits, coraux, métaux, perles et pierreries.
A toi l'eau de la mer, le gazon des prairies,
L'ombrage des grands bois, le sable des déserts,
Et tout ce qui se meut dans ces coins d'univers,
Les oiseaux, les poissons, l'insecte, le reptile,
La bête libre et fauve et l'animal servile ;
A toi l'homme lui-même ! — Est-ce bien l'homme en-
Cet animal courbé qui ronge ton front d'or !   [core,
Règne, trône, regarde entre toutes ces choses
Celle qui te pourrait, dans tes loisirs moroses,

Distraire du souci de ton vaste pouvoir,
S'il en est une encor qui te puisse émouvoir.
Ramène les tournois, les amoureuses joutes ;
Réunis les beautés, et choisis parmi toutes,
En prodigue sultan, celle qui jour par jour
Doit s'offrir belle ou vierge à ton brutal amour.
Allons! les violons, les flûtes, les danseuses,
Vieux charmes du remords, endormantes berceuses ;
La chasse, les chevaux et le large festin
Dont le rayonnement cède au feu du matin ;
Allons tout ce qui luit, toutes les jouissances,
Les formes, les couleurs, le nectar, les essences ;
Allons, la lyre d'or du poëte avili,
Qui, sous la pourpre fleur, cachant son front pâli,
Dans le vin répandu laissant traîner sa manche,
Et dans ses cheveux blonds étalant sa main blanche,
Au moment que l'orgie éclate en tout son feu,
A l'oreille du roi murmure qu'il est Dieu !

Arrêtez, suspendez l'orgie et le blasphème :
Est-ce la voix du peuple, ou la voix de Dieu même?
Un orage a monté des sourdes profondeurs
Dont s'éteignent soudain ces royales splendeurs.

Paris.—Imprimerie Walder, rue Bonaparte, 44.

4

CHANT DES NATIONS.

Tous les captifs qui sur la terre
Courbaient leur front l'ont relevé,
Pour commencer la grande guerre
Par qui leur droit sera sauvé,
Ils ont fait ranger à leur tête
Les hommes libres, leurs aînés,
Qui s'en vont calmes à la fête
Devant ces lions déchaînés.

Le jour des grands destins se lève
Au son du cuivre et du tambour.
O Guerre! c'est ton dernier jour!
Le glaive brisera le glaive,
Et du combat naîtra l'amour!

Chaque patrie envoie un nombre
De combattants pris au hasard
Parmi ceux qui souffraient dans l'ombre.
Ah! ils se sont levés trop tard,
Mais leur colère amoncelée
Fera d'un coup rompre leurs fers,
Et l'on verra dans la mêlée
Quels maux leurs grands cœurs ont soufferts.

Le jour des grands destins se lève
Au son du cuivre et du tambour.
O Guerre! c'est ton dernier jour!
Le glaive brisera le glaive,
Et du combat naîtra l'amour!

Les couleurs de mille bannières
Flottant au front des légions
Rappellent aux yeux les frontières
Qui séparaient les nations.
Mais l'espérance étant commune,
Ces bannières vont se mêlant;
Les nations n'en font plus qu'une
Sous l'étendard bleu, rouge et blanc.

Le jour des grands destins se lève
Au son du cuivre et du tambour.
O Guerre! c'est ton dernier jour!
Le glaive brisera le glaive,
Et du combat naîtra l'amour!

Faut-il que la foule avilie
D'un seul orgueil soit l'instrument,
Et que son échine assouplie
Redoute un brutal châtiment?
Ce n'est pas ainsi qu'on nous mène,
On n'emprisonne pas le feu,
Et l'immortelle race humaine
Porte en ses flancs l'âme de Dieu.

Le jour des grands destins se lève
Au son du cuivre et du tambour!
O Guerre! c'est ton dernier jour!
Le glaive brisera le glaive,
Et du combat naîtra l'amour!

Sur son beau cheval de bataille
Le despote accourt furieux :
La fusillade et la mitraille
Pleuvront au signe de ses yeux.
Marchons en colonne serrée
Sur son armée au sombre abord,
Lentement comme la marée
Entre les écueils de son bord.

Le jour des grands destins se lève
Au son du cuivre et du tambour.
O Guerre! c'est ton dernier jour!
Le glaive brisera le glaive,
Et du combat naîtra l'amour!

Il voudrait encor nous voir vivre
Enchaînés comme les démons.
Nos ossements, comme le givre,
Blanchiront la plaine et les monts,
Avant cette honte suprême
De subir son joug détesté.
Dieu seul est grand!... Il veut qu'on l'aime
Et qu'on le serve en liberté.

Le jour des grands destins se lève
Au son du cuivre et du tambour.
O Guerre! c'est ton dernier jour!
Le glaive brisera le glaive,
Et du combat naîtra l'amour!

L'AGIOTAGE

SATIRE.

Que ne puis-je arrêter ma fougue qui s'élance
Comme un cheval sans mors, et me fait violence!
Que ne puis-je étouffer dans mon sein haletant
L'indignation sourde et le courroux latent
Lentement amassés, et qui, longtemps esclaves,
Débordent à la fin comme un torrent de laves!
Pourquoi le mal du siècle a-t-il frappé mes yeux?
Pourrais-je, en le voyant, passer insoucieux?
Il faut que malgré moi j'approuve ou je flétrisse:
A de certains moments, le silence est complice.

La fortune publique est livrée aux marchands;
Les habitants naïfs des villes et des champs,
Attirés par l'appât d'un gain illégitime,
Viennent se ruiner centime par centime.
Ils se prennent au leurre ainsi que les poissons
Qu'un peu de chair invite à mordre aux hameçons.
On ne montre à leurs yeux que monts et que merveilles;
Mille bruits arrangés rebattent leurs oreilles:
« En quinze jours à peine, un tel s'est enrichi,
« Pour qui devaient s'ouvrir les portes de Clichy;
« Tel escroc est rentier, et telle femmelette
« Qui ne pouvait suffire aux frais de sa toilette,
« Discute la fortune et même le blason
« Du futur qui devra compléter sa maison »

Oh! Pudeur! De quel droit, dans un vaste royaume,
Où parfois la vertu grelotte sous le chaume,
Où le travail modeste est souvent à l'étroit
Dans les grandes cités, sur le rebord d'un toit,

De quel droit un escroc, une femme galante,
Cueillent-ils au hasard les pommes d'Atalante,
Et s'enrichissent-ils ainsi d'un coup de dé,
Quand plus d'un malheureux, de sueur inondé,
N'est pas sûr d'amasser au bout de la semaine
Quelques sous pour fléchir une hôtesse inhumaine,
Et se trouve réduit, n'ayant ni feu ni lieu,
Au pain dur de l'aumône, à l'abri du ciel bleu?

Je n'exhalerais pas une plainte importune,
Si c'étaient là des coups de l'aveugle fortune,
Et si l'on ne pouvait s'en prendre qu'au hasard:
C'est une piperie où se cache un grand art;
Ce sont autant d'oiseaux engraissés en des cages,
Pour attirer tous ceux des champs et des bocages,
On laisse les premiers pâturer librement;
Il en vient une foule; et, quand c'est le moment,
Un grand coup de filet en prend une centaine,
Et le chasseur content rit de sa bonne aubaine.
Pauvres oiseaux pipés, vous serez toujours pris!
Les chats enfarinés ont beau jeu des souris,
Sans même rajeunir vos grossiers artifices,
Vous soutirez toujours l'argent blanc des novices,
O roués de la Bourse, admirés, enviés,
Grands seigneurs du moment, illustres loups-cerviers!

De l'échoppe aux sillons, c'est pour vous qu'on travaille,
Pour vous, vos familiers et votre valetaille.
N'a-t-on pas raconté qu'en vos jours de butin,
Des mailles du filet vous jetez le fretin,

Des noms jetés en l'air, tous plus ou moins bizarres...

Et que vous hébergez de vos plumes honteuses
Jusques aux portefaix, jusqu'aux entremetteuses !

Paris a dans ses murs un temple athénien
Où trône sans autel un ancien dieu païen,
Ou Plutus, ou Mercure, ou tous les deux ensemble :
Là, sur sept jours, six jours, la foule se rassemble
De leurs adorateurs, dont les groupes serrés
Vont et viennent sans cesse, encombrer les degrés,
Et rappellent assez, bourdonnant aux oreilles,
L'essaim noir des frelons, corsaires des abeilles.

Pénétrez s'il se peut dans cet antre profond
Rempli d'agioteurs, et voyez ce qu'ils font.
Écoutez, quelle langue ! Essayez de l'entendre ;
Les adeptes du lieu peuvent seuls la comprendre.
Ces hommes-là jadis, même en dépit du ciel,
Se seraient concertés pour élever Babel.
Des cris d'oiseaux de proie et des phrases barbares,
Des noms jetés en l'air, tous plus ou moins bizarres,
Y sont vociférés par les voix de stentor
D'hommes défigurés par la fureur de l'or.

Leurs pareils à coup sûr hantent les coupe-gorges ;
C'est là que les roués savent faire leurs orges.

Quand la première fois, étrangers à Paris,
Vous voyez cet aspect, vous entendez ces cris,
N'étaient les vêtements usuels et modernes,
Vous croiriez de l'enfer pénétrer les cavernes,
En vain sur le plafond un peintre a buriné
Nos villes et nos ports : vous êtes dominé
Par l'aspect fourmillant de l'immense cohue
Qui du seuil au parquet se bouscule et se rue.
Que dis-je, le parquet ! on ne le hante plus :
Ailleurs s'est reporté le flux et le reflux ;
L'agiotage règne aux abords de la lice :
Il est plus impudent derrière la coulisse.

On jouait sur le cinq et sur le trois pour cent
Jadis, mais ce trafic semble trop innocent.
Ce croupier de l'État, qu'on nomme agent de change,
Pour la dette publique à peine se dérange.
Il faut, pour lui trouver bon visage et bon air,
Lui parler d'actions et de chemins de fer.

Mais, gare à votre dos, s'il est fourni de plume ;
Un désir de vautour dans son regard s'allume ;
Votre petit pécule est bientôt décimé ;
Il allonge la griffe, et vous êtes plumé.
Imaginez un peu quelle abondante source
De larmes et de sang a fait couler la Bourse !

Vous, qui que vous soyez, hommes laborieux,
De qui la main est rude ou le front soucieux ;
Vous dont l'ardeur constante incessamment appelle
La fortune qui fuit toujours à tire d'aile,
L'argent que vous glanez avec tant de tourment
Jour par jour, nuit par nuit, si légitimement,
Est convoité dans l'ombre. Au moment qu'à l'ouvrage
Vous donnez votre temps et tout votre courage,
Un vautour altéré de votre plus pur sang
Sur vous et vos pareils darde son œil perçant.
Sur votre bénéfice il allonge la serre ;
Il faut qu'il s'enrichisse avec votre misère !
Tout l'aide contre vous, et vous-même ! En tout temps
Des objets de trafic les taux sont inconstants ;
Souvent vous accusez la fortune boiteuse ;

Votre oreille est ouverte. Une lèvre menteuse
Y glisse quelques mots qui vous font tressaillir.
Votre austérité fière est bien prompte à faillir.
Vous prenez intérêt dans une grande affaire,
Souvent au bout d'un jour votre crédit s'enferre,
Ou vous avez gagné, vous levant tout vermeil,
Ce qui vous eût coûté mille nuits de sommeil...
En gagnant, comptez-vous ce que tels bénéfices
Imposent aux perdants d'horribles sacrifices ?
Savez-vous si la nuit qui suivra votre gain,
Une famille en deuil, sans espoir et sans pain,
N'aura pas à pleurer sur les ais d'une bière
Qui devra s'en aller sans prêtre au cimetière ?
Les écus que l'on gagne à ce prix-là sont lourds,
Et les ronés du lieu les rattrapent toujours.
Comment cela ? Comment ! La chose est très-facile ;
Le cours est dans leurs mains un instrument docile.
Si vous êtes porteurs, la valeur baissera :
Mais, si vous demandez, elle renchérira.
Au profit de qui donc ? De quelques-uns peut-être ?
De vingt, de dix ? D'un seul qui vous gouverne en maître.

Un seul banquier vous tient avec des chaînes d'or,
Les seules qu'aujourd'hui vous respectiez encor.
Il règne sur la France et sur la terre entière.
Hommes vils asservis au joug de la matière,
Ne vous regimbez pas contre le souverain,
Qui garde en ses caveaux l'or, l'argent et l'airain.

C'est l'usurier titré des rois et de l'Église.
Par ses emprunts forcés comme il les dévalise
Ces prodigues mineurs qu'on devrait une fois
Interdire et réduire à leurs rentes par mois!
Mais il n'est pas le seul, pensez-vous, dans le monde;
Et la gent de prêteurs en tout pays abonde.
Disculpez le grand nombre; il n'est que l'instrument
Obéissant, passif, d'un grand gouvernement,
Pour attirer à lui l'or du double hémisphère,
Cet homme a ses préfets, ses préposés d'affaire,
Toute une hiérarchie à sa discrétion,
Dont il sait déguiser l'association.
On a beaucoup parlé du réseau des Jésuites;
De leurs empiétements on a prévu les suites;
La presse, tout un an, s'est repue à son gré,
Jour par jour, du Jésuite; en vous l'a dévoré
Tant et tant qu'à la fin il est rentré sous terre.
Mais l'autre bande noire a su vous faire taire,
Clabaudeurs dont la bouche est docile au bâillon,
Et dont la probité n'est plus qu'un vieux haillon.
Vos premiers aboiements et vos criailleries
N'étaient que beaux calculs et bonnes jongleries.
Le gâteau de Cerbère une fois apporté,
A fait tomber dans l'eau votre animosité,
Et l'envoi pressenti de quelques paperasses
Étouffe l'aboiement dans vos gueules voraces.

La louange en revanche et les honneurs sont dus
A ceux, tentés aussi, qui ne sont point vendus.
Vainement le serpent aux écailles luisantes
A fait étinceler ses offres séduisantes.
Au lieu du fruit doré sous le feuillage vert,
Il montrait cette fois un portefeuille ouvert
Où moisonnait la prime, et le billet de banque,
Ce fruit si doux à l'œil que rarement il manque,
Dans les doigts séducteurs sitôt qu'il a relui,
D'entraîner la vertu des Èves d'aujourd'hui!
En vain le beau diseur à sa vieille éloquence
Mariait finement sa jeune expérience,
Les champions de nos droits et de la vérité
Ont détourné les yeux et n'ont pas écouté.
En vain, se repliant en manœuvres habiles,
Il a tenté de mordre au talon ces Achilles;
De peur d'être écrasé sous leurs pieds, le serpent
A dû, cerné par eux, fuir l'attaque en rampant.

Disons-le sans frayeur: aux uns, honte aux autres!
Flétrissons les Judas, lou... les vrais apôtres.

Tous les hommes vendus, comme un troupeau bêlant,
Doivent être marqués d'un stigmate brûlant.
Les lanières de cuir des anciens satiriques,
Les fouets que font siffler les iambes lyriques
Et les serpents noués des filles de l'enfer,
Devraient, en plein forum, mettre en lambeaux leur
               [chair.
Pour ceux qui sont restés probes, invulnérables,
On devrait à leurs fronts devenus vénérables,
Suivant le rit ancien, appendre les lauriers
Que notre âge imbécile a foulés sous les pieds.
On devrait leur mener (eh! n'en sont-ils pas dignes!)
Au milieu de Paris, des triomphes insignes,
Dussent, les poings liés, et, baissant les regards,
Les vendus en vaincus marcher après leurs chars.

Honneur aux écrivains qui, travaillant sans haine
A l'affranchissement de la pensée humaine,
Opposent une digue à ce pouvoir brutal,
Qui veut tout submerger sous des flots de métal!
Que deviendraient Paris, et la France et le monde,
Si le pouvoir d'argent (que le ciel le confonde!)
Et si la verge d'or, appesantie sur nous
Nous contraignant un jour à ployer les genoux
Devant Mammon, Baal ou pareilles idoles,
Dans nos gosiers captifs étouffaient nos paroles!
A quoi nous servirait de nous être égorgés,
D'avoir brisé des fers par vingt siècles forgés,
Arrosé d'un sang pur l'arbre de l'espérance
Et promené partout les drapeaux de la France,
En sonnant des clairons, en criant: Liberté!
Pour ployer de nouveau sous un joug détesté!
Mieux vaut tendre l'épaule au knout de la Russie
Que ronger le frein d'or d'une aristocratie
Qui met sur son blason des pièces de cinq francs.
A choisir, je serais pour les anciens tyrans.

Les anciens sont connus: leur cour était polie,
Et quoique le Caprice, ou l'aveugle Folie,
La Superstition, ou très-souvent l'Amour,
Tint le sceptre, c'était, à bien prendre, une cour.
On y causait du moins! les folies causeries,
Plus brillantes que l'or et que les pierreries
Dont les marquis d'alors avaient leurs doigts chargés,
Ont volé de nos jours aux pays étrangers.
On y faisait honneur à la haute lignée;
La roture parfois était égratignée,
Quand, montrant leur main blanche et leurs beaux
               [petits pieds
Les dames rappelaient leurs quatorze quartiers,
Pendant que les seigneurs, avec bravoure feinte,
Parlaient de leurs aïeux morts dans la Terre-Sainte.
Mais, quoiqu'on y servît galamment le démon,
On ne s'y vendait pas tout entier à Mammon.

Que serait une cour où la lourde finance

Tiendrait bourgeoisement le sceptre et la balance?
Où l'or mènerait seul aux grandes dignités;
Où talent et vertus supputés, escomptés,
Passeraient, sous la main d'un avare à l'œil louche.
Du trébuchet exact à la pierre de touche;
Où les courtiers-marrons, devenus courtisans,
Chasseraient du palais, comme vils paysans,
Tous ceux qui n'auraient pas, sans honte ni mesure,
Rogné des louis d'or et pratiqué l'usure?
Sous un Midas régnant, qu'adviendrait-il de l'art?
Nos chefs-d'œuvre, traités comme objets de hasard,
A l'encan se vendraient sur la place publique,
Toiles du Vatican, marbres du Pentélique,
Nos Rubens, nos Poussin... Par la flamme dissous,
Nos bronzes respirants seraient changés en sous.
Comme on n'estimerait ni souvenirs de gloire,
Ni rien de ce qui sauve une illustre mémoire,
On ne songerait plus qu'au présent, et non pas
En épicuriens qui marchaient au trépas
Gaiement, et sous des fleurs cachant le précipice,
Mais en vieillards abjects, minés par l'avarice.
Mieux vaut être asservi par la stupidité,
La volupté qui tue, ou par la cruauté,
O Néron! que subir ton hideux despotisme,
Amour sacré de l'or d'où naît le vandalisme!
Quand sur vos tristes cœurs son souffle aura passé,
Comme sur nos vallons le vent de mars glacé,
Brûlant le pêcher rose avec les violettes,
L'art et la poésie, artistes et poètes,
Pencheront tristement leurs têtes pour mourir,
Et quel sang répandu les fera refleurir?
Quels brasiers allumés consumant les épines,
Rouvriront le champ libre à ces plantes divines!
Déjà la Poésie a fui loin de nos murs,
Vers un monde meilleur où les cœurs soient plus purs,
Et l'appréhension de cette tyrannie
Etouffe, à peine éclos, les germes du génie.

L'agriculture au moins sera mise en vigueur:
Pour tous les grands travaux la force vient du cœur;
Et quel cœur mettrait-on au service insipide
D'un despote inflexible et bassement cupide?
La table de Midas est belle à tous égards;
Tout se changeant en or devant ses yeux hagards,
Il chercherait en vain du froment dans ses granges,
Et, dans ses grands pressoirs, le doux fruits des ven-
   [danges,
Il ne verrait partout que de l'or, que de l'or,
Et, par un coup du ciel, mourrait sur son trésor.

Cependant tout dément ma sombre rêverie:
Une ère de splendeur s'ouvre pour ma patrie;
Canaux, chemins de fer, artères du pays,
Puisant vie et chaleur au cœur même, à Paris,
Les feront circuler par un tissu de veines

Jusqu'aux extrémités des provinces lointaines.
L'âge d'or suit la paix: plus de rébellion,
On peut recommencer l'églogue à Pollion.
La presse aux mille bras agrandit son cylindre,
L'opprimé désormais a cent voix pour se plaindre;
Il aura sous la main des journaux... des géants
Tout prêts à l'assister de leurs gosiers béants!

Paix trompeuse, progrès qui vous laisse en arrière!
Vos bras forts chaque jour brisent une barrière;
Vous tenez la vapeur en des cuves d'airain,
Et, pouvant lui lâcher ou lui serrer le frein,
Vous vous ferez traîner au bout de votre empire
Par ce coursier de fer qui hennit et respire.
A quoi vous servira de fendre ainsi les airs,
Plus prompts que les chevaux libres dans les déserts,
Si vous sentez, fuyant des tropiques aux pôles,
Un collier d'infamie écraser vos épaules,
Et s'il n'est plus au monde un lieu si retiré
Où le pouvoir de l'or n'aura pas pénétré?
Un poète disait, de qui l'âme limpide,
Abritée en lui-même, à nul vent ne se ride:
« Quand le vent du Midi deviendra trop brûlant,
« Mes amis, nous fuirons vers les pics du Mont Blanc! »
Elle oubliait, cette âme en son calme abîmée,
Que des pics éternels, par deux fois, une armée
A chassé vers l'azur les aigles effrayés;
Que sur les monts neigeux les chemins sont frayés,
Que, depuis Annibal et notre empereur corse,
Les franchir de nouveau n'est plus un tour de force,
Avec tous nos ressorts qu'ils ne connaissaient pas,
Et les trombes de feu qui devancent nos pas;
Que, si le despotisme asservit l'industrie,
Nous serions à deux pas, nous, de la Sibérie,
Et qu'on y pourrait voir en un jour déporté,
Quiconque rêverait tout haut la liberté.

O Dieu! pourquoi donner tant d'essor à nos ailes
Et cette impulsion à nos forces nouvelles,
Faire de l'eau, du feu, nos dociles coursiers
Pour servir seulement des intérêts grossiers!
Si l'électricité porte un secret de Bourse,
Si la vapeur ne sert, dans sa rapide course,
Qu'à des Apicius, des Lucullus nouveaux,
Aux ventres affamés et non pas aux cerveaux;
Si le sort des petits est d'user leurs échines
En servant d'engrenage à ces grandes machines,
Sans qu'ils y gagnent rien pour l'âme et pour le corps;
Plutôt que de souffrir de pareils désaccords,
Qui ne peuvent que nuire à la grande harmonie,
Dieu! que n'étouffez-vous la force et le génie!
Que n'avez-vous soufflé déjà sur les humains
Qui font un tel abus de l'œuvre de vos mains!
Que ne commandez-vous à la vapeur rétive
De briser en éclats cette locomotive

Qui hurle dans le val, et qui, perçant les monts,
Semble un chariot noir traîné par les démons !
Beau malheur ! Elle entraîne un convoi de marée
Qui par la haute banque eût été dévorée ;
C'est encore un turbot !... Ombre de Juvénal,
Lève-toi ! Notre siècle est gourmand et vénal.

C'est le malheur des temps ; on ne peut en médire ;
Si vous le censurez, on se mettrait à rire ;
On est railleur aussi. — Je sais que vous direz,
En prenant vos grands airs : « Ils sont exagérés
» Dans leur petit courroux, les poëtes imberbes ! »
Mais ils peuvent répondre à vos dédains superbes :
Oui, nous outrepassons un peu la vérité
Et vous ne sortez pas de la légalité ;
Vous n'avez pas enfreint les articles du code,
Et vous êtes d'ailleurs protégés par la mode.
On a dit qu'on a vu le faubourg Saint-Germain
Des barons allemands venir baiser la main ;
L'indiscret Richelieu sur ses listes traîtresses
Comptait moins, a-t-on dit, de petites maîtresses.
Ce Nucingen d'ailleurs est un fort bon enfant ;
Ce qu'il fait est à faire, et rien ne le défend.

Un flocon détaché de la montagne blanche
Devient boule de neige et bientôt avalanche.
Le Pouvoir laisse aller, et son attention
Sera mise en défaut par l'inondation.

Mais comment prévenir de semblables ravages ?
Quand un fleuve menace, on hausse les rivages ;
On détourne son lit, on creuse un réservoir.
Quand on mène l'État, on doit surtout prévoir.
Sully, Colbert, Turgot, dont la haute prudence
Était pour le royaume une autre providence,
Que diraient-ils de voir nos Laws, en moins de rien,
Gaspiller les écus qu'ils employaient si bien ?
Craignant que le trésor s'enrichisse et se double,
On laisse nos Crésus, pour pêcher en eau trouble,
Faire un pacte et s'unir. Je vois que vous étiez
D'insignes scélérats, ouvriers charpentiers !

De l'indignation qui déborde ma veine
Le flot s'agite en vain, car la Finance est reine,
Et son temple est gardé. L'imprudence et l'orgueil
A la plainte importune en défendent le seuil.
Il se fait un tel bruit sous sa voûte de pierre
Que Dieu n'y ferait pas entendre son tonnerre.
Le Christ y descendrait, armé du fouet sifflant
Dont il chassa jadis, troupeau vil et tremblant,
Les marchands qui faisaient du temple une caverne,
Qu'il serait expulsé du portique moderne ;
Lui-même, il subirait la flagellation,
A moins que, saturé d'humiliation,
Il ne fit, de son bras repoussant le calice,
Crouler sur les vendeurs l'orgueilleux édifice.

LA

FEMME STATUE

Mademoiselle Emilia Faudoä de Cervilly était à seize ans ce que sont à cet âge la plupart des jeunes filles de sa condition, une personne bien élevée. Ce mot vague dit tout ; elle savait de tout un peu, et touchait du piano à ravir. Ses doigts s'étaient rompus à l'escrime des exercices, elle marquait la mesure avec la précision du métronome et ne s'élevait jamais plus haut que son cahier de musique ; elle souriait au mot d'inspiration et le confondait dans sa pensée avec le délire et la folie. Elle se rangeait d'elle-même et d'avance dans la classe des analystes froids et compassés pour qui l'œuvre est toute finie et la mesure dans des proportions exactes. La région de l'infini était à ses yeux un domaine fictif et inexploré qu'elle abandonnait volontiers aux rêveurs et aux fous. Elle se prévalait de ses minces talents et de ses études tronquées pour s'ériger en arbitre souveraine dans toutes les questions. C'était une de ces petites miss beurrées dont lord Byron fait quelque part un portrait assez peu flatté, qui se pincent dans leur fourreau de soie, se dégantent avec prétention, et, sur la foi de leur miroir ou de leur gouvernante, se voient les premières et les plus charmantes personnes du monde.

Il va sans dire que M. et Mme de Cervilly, jouissant d'une fortune territoriale considérable et des avantages que donne un beau titre, avaient contribué de leur mieux à développer dans Emilia, leur fille unique, le sentiment de son mérite personnel. Ils y avaient parfaitement réussi, et, en récompense, ne prétendaient à rien moins pour elle qu'à une alliance princière.

Telles étaient les dispositions d'esprit de M. et madame de Cervilly et de mademoiselle Emilia Faudoä de Cervilly, leur fille, quand l'illustre Paganini fit son apparition sur la scène parisienne et y produisit cette sensation d'admiration et d'effroi qui ne s'est pas encore amortie dans l'opinion de la foule après dix années de silence. Emilia ne se laissa pas étourdir par l'explosion de l'enthousiasme ; elle voulut entendre et juger. Elle croyait bien à l'habileté artificielle et au talent mécanique, mais n'accordait rien ou peu de chose à la puissance magique et à la spontanéité de l'inspiration. Elle se fit accompagner par M. et madame de Cervilly au concert donné par le maëstro.

On sait quel poids magnétique son archet faisait peser sur l'auditoire ; Emilia avait résolu de s'y soustraire, et au moment où le satanique violoniste fit son entrée sinistre, et plia en deux devant le public son corps vêtu de noir, on eût vu poindre à la lèvre de la jeune fille la fine fleur d'un dédain aristocratique. Le hasard, ou plutôt cette divination intime qui n'abandonne jamais les hommes dont l'individualité s'impose à la masse, la dénonça. Paganini discerna dans la foule ce petit ennemi caché sous l'ingénuité jouée de son visage et sous les apprêts élégants de sa toilette. Les yeux d'or de l'artiste se dardèrent flamboyants sur les yeux d'Emilia clairs comme l'eau des fontaines et bleus comme les myosotis qui s'y regardent. Ses blanches paupières furent imprégnées d'un fluide lourd, mais elle essaya de lutter comme toujours en aiguisant sa pensée en pointe d'ironie. Étonné de la résistance, le maestro soutint le combat. Son bras gauche en triangle se dirigea contre Emilia, et sa main droite, agitée de mouvements fébriles, fit siffler sous l'archet une plainte aiguë dont chacun tressaillit dans la moelle des os, et comme son œil infernal était visiblement arrêté sur un point, tous les yeux s'y tournèrent. Emilia pâmée reçut le contre-coup électrique de cette attention universelle, et le frémissement convulsif de ses nerfs demanda grâce au maestro, qui la sauva en faisant sonner sous les quatre cordes un andante majestueux.

« Tu as pâli! dit madame de Cervilly à sa fille. — Il faut qu'elle sorte, ajouta M. de Cervilly. — Je suis mieux, reprit Emilia, je suis très-bien; » et ses traits devinrent immobiles, comme ceux d'un somnambule, et au moment où le crescendo atteignit à sa plus haute période, il sembla qu'une lueur céleste toucha le front marbré de la musicienne; elle avait franchi subitement la limite de l'école et venait d'entrer en pensée dans la région élyséenne de l'art. Elle en redescendit peu à peu, ramenée imperceptiblement par son guide harmonieux, et, revenue à sa place sur la terre, elle reprit sa petite moue aristocratique. Paganini s'en aperçut et tenta vainement une seconde lutte; à cette fois il ne put trouver le sentier mystérieux où il avait entraîné vaincue son orgueilleuse rivale; il sentit son impuissance et redoubla ses efforts, à inonder son visage de lueurs froides; il eut une crise nerveuse, et dans l'accès brisa les quatre cordes aux cris impatients du public; à ce moment, un éclat de rire partit des loges et fit courir un frisson dans la salle. Emilia publiait son triomphe. En même temps, d'un beau geste de dédain elle jeta son bouquet de violettes à son ennemi, qui le ramassa humblement. La salle entière éclata en bravos, et, sans attendre la fin, l'héroïne sortit dans sa longue pelisse blanche, entraînant après elle M. et madame de Cervilly; ceux-ci n'avaient rien vu à cette scène muette et dramatique; ils avaient attribué la pâleur et la langueur d'Emilia à une cause tout ordinaire.

« Tu as été fatiguée, dit le père en fermant la portière de la voiture; cela se comprend bien... L'émo-

tion... Il y avait tant de monde dans la salle, elle y aura été suffoquée. » Emilia n'a par un sourire. Elle est si forte musicienne, ajouta la mère, elle a été plus sensible que nous encore à l'effet de cette musique étrange.

— Mon Dieu, dit Emilia d'un ton flegmatique, je ne suis pas aussi émerveillée que vous paraissez le croire! Il n'y a eu que deux beaux moments à l'entrée; le reste a été médiocre. »

M. de Cervilly, blessé dans son enthousiasme, ne put s'empêcher de répondre : « Votre jugement n'est pas d'un grand poids, opposé à celui de cette foule immense!

— Les suffrages ne se nombrent pas, ils se pèsent, comme vous dites fort bien, ajouta Emilia.

— Décidément la pension l'a gâtée, » dit madame de Cervilly à l'oreille du comte, et leur fille redevint immobile et inattentive à ce qui l'entourait comme pendant le fameux andante. La voiture filait au galop le long des rues déjà sombres; elle traversa la place du Carrousel et le pont Royal éclairés dans les lueurs blanches de la lune qui, à plusieurs reprises, illumina la figure blême de mademoiselle Emilia. Elle était couchée, la tête renversée sur un coussin de velours blanc où rayonnaient ses cheveux blonds; ses paupières étaient baissées et ses lèvres à demi ouvertes comme celles d'une morte; son visage avait repris un caractère d'unité qu'on ne trouve guère aux figures vivantes où se peint la mobilité des sensations. M. et madame de Cervilly pensèrent qu'elle était endormie et firent mine de la réveiller quand la voiture s'arrêta devant l'escalier de leur hôtel. Elle sauta à terre légèrement, gravit le perron en toute hâte, traversa les appartements et courut dans sa chambre, où elle s'assit au piano.

Le comte et la comtesse l'avaient suivie; ils s'arrêtèrent à la porte au moment où elle préludait; il sembla qu'une force cachée les y retint et une barre d'émotion pesa sur leurs poitrines, leurs yeux devinrent fixes et hébétés d'admiration; Emilia était pâle comme un fantôme, immobile comme un marbre et idéalisée comme la Vénus de Phidias. L'harmonie découlait de ses doigts, comme le lait des brebis sous les doigts des bergères, comme l'eau sur les pentes, sans nul effort, et par la seule impulsion de la matière. Il n'y avait rien de fébrile dans son inspiration; elle ruisselait comme le son des cloches, comme la fumée bleue des toits des chaumières, comme la musique primitive et naturelle du vent, de l'eau, des arbres et des oiseaux s'élève de la terre vers le firmament. Elle se soutint pendant plusieurs heures sans s'affaiblir, comme le vol d'un oiseau fort qui traverse l'Océan, et son père et sa mère, immobiles et muets comme deux rochers, ne furent rappelés à la vie qu'au moment où les doigts de leur enfant s'arrêtèrent sur les touches blanches et noires, ne pouvant suivre plus loin l'âme envolée d'Emilia.

Ils s'approchèrent pour la féliciter; elle ne les aperçut pas. Le père saisit sa main froide, la mère la baisa sur le front, et tous deux subirent en même temps une impression de froid qui mêla de la frayeur à leur étonnement. «Elle se pâme,» dirent-ils. M. le comte prit une carafe et en secoua quelques gouttes d'eau sur le visage extatique de sa fille; on eût dit la rosée du matin sur la corolle d'un lys. Ils mirent les doigts à ses lèvres et y sentirent la tiédeur d'une respiration régulière; ils furent un peu rassurés et attendirent patiemment le réveil de ses sens. Madame de Cervilly se mit à genoux et pria avec ferveur. Le comte se promenait de long en large et sentait son incrédulité vulgaire combattue par les souvenirs de mille histoires mystiques ou fantastiques et surtout par le phénomène qu'il touchait du doigt et des yeux dans la personne de sa fille bien-aimée.

Quand elle revint à elle-même, ils l'accablèrent de félicitations, de questions et de caresses.

« Vous voyez pourquoi je ne suis pas enthousiaste du maëstro Paganini. »

« Elle est plus forte que Paganini, se disaient le père et la mère, mais que fera-t-elle de ce talent avec notre fortune! — Elle sera le charme des élus qui l'entoureront, fit la mère. — C'est une dot idéale d'un prix infini ajoutée à une autre dot dont le chiffre pouvait déjà séduire les plus hautes ambitions, » ajouta le comte. Emilia secoua la tête et demanda la permission de se reposer; sa mère la mit au lit et resta près d'elle jusqu'à ce qu'elle fût endormie. Le comte et la comtesse restèrent à la contempler. Son sommeil ne devait être qu'une suite de la première extase, elle atteignait à cette ligne pure de beauté qui est le rêve des artistes, réalisé dans les marbres antiques, et la vie animait ce rêve; la respiration enflait ses narines inspirées, le génie battait ses tempes arrondies; une douce moiteur s'élevait de ses cheveux dorés et frissonnant sous les lueurs de la veilleuse. Elle était belle à ravir tous les yeux et tous les cœurs. Le père et la mère ne s'arrachèrent à cette vision qu'à l'instant où les flammes rosées de l'aube venant à l'empourprer, l'animèrent à leurs yeux et changèrent en réalité ce qu'ils auraient pu prendre pour une chimère embellie par l'imagination et le mystère de la nuit.

Emilia ne sortit que fort tard de la région des songes : c'est le cas ou jamais de rappeler cette vieille locution mythologique; elle en revint transformée comme ceux qui avaient parcouru le royaume des ombres. Elle n'était plus reconnaissable : ce qui étonnait le plus, c'était de la voir se remuer et satisfaire aux exigences de la vie ordinaire, tellement elle réalisait tout ce qu'on dit et écrit des fantômes.

Ceux qui l'avaient comme minaudière, guindée et même spirituelle, du petit esprit des pensions et des salons où affluent les jeunes demoiselles, ceux-là se demandaient quelle subite révolution s'était opérée dans cette organisation merveilleuse.

Les hommes se prirent à la regarder. Les hommes ordinaires, éblouis au premier aspect, repoussés dans l'analyse par l'immobilité et l'engourdissement de la statue, avaient proféré d'abord ce mot cruel : abrutissement, puis un autre mot, le plus cruel de tous : folle! Mais il lui suffisait d'un regard pour déjouer toutes les insinuations de la malveillance ou de la sottise; il lui suffisait d'étendre ses doigts vers le clavier et d'en arracher un soupir mélodieux ou des plaintes harmoniques d'un effet déchirant. Elle ne se faisait que par distraction et jamais pour s'imposer à l'admiration des niais. La musique était devenue le langage de sa tendresse et de sa reconnaissance filiale, et l'expression balbutiante des sentiments qui germaient et se développaient dans son âme jeune et candide. Elle ne parlait plus guère qu'avec ses doigts, et sa famille ne tarda pas à s'en alarmer. Les médecins et les hommes de science furent appelés et interrogés. Ils constatèrent l'existence du phénomène, l'étudièrent et l'analysèrent, mais se montrèrent peu soucieux de le combattre. Ils conseillèrent le traitement moral; le conseil était bon, mais d'une application difficile. Il s'agissait tout bonnement de choisir les impressions capables d'agir sur une organisation aussi délicate et aussi élevée. Où les trouver? elle avait dépassé le violon de Paganini. Les salons de M. et madame de Cervilly furent ouverts à toutes les célébrités de la fashion et des arts. L'amour devait être, comme en tant d'occasions, le grand médecin, mais fallait-il encore l'évoquer de sa retraite mystérieuse. Emilia était froide et résistait à toutes les séductions. Le Pygmalion était invoqué à grands cris, par le père et la mère, mais il ne se montrait pas; il eût été accueilli de quelque part qu'il fût venu, sous la livrée de la vieillesse ou sous les haillons du génie malheureux; on l'attendait impatiemment. Cependant la jeune fille avait témoigné à plusieurs reprises de ses préférences pour les hommes d'un esprit supérieur; c'était le seul indice qu'elle eût donné sur les moyens à employer pour la rappeler à la vie réelle. Il s'était formé autour d'elle un cercle d'hommes éminents qui trouvaient une sorte de leur valeur individuelle dans l'attention qu'elle daignait leur accorder. C'était pour chacun d'eux un triomphe d'enchaîner un moment sa pensée à leur conversation, et ils en étaient fiers comme ils eussent découvert l'anneau mystérieux qui relie le monde idéal au monde visible, mais ils se sentaient bientôt dépassés et emportés par leur interlocutrice. Quand sa langue se déliait, il s'en échappait à torrents des paroles rhythmées et imagées comme les plus beaux passages des poëtes; c'était de la poésie pure avec une cadence particulière, ignorée des prosateurs et des versificateurs; c'était une suite aux grands poëmes des Allemands et des Anglais, un bond en dehors des inspirations lyriques de nos grands poëtes. On l'écoutait religieusement et avec effroi, comme les anciens devaient écouter leurs pythonisses écumantes, et l'impression était si vive, on s'y abandonnait avec une passion telle, que, le moment passé, on n'en avait guère plus de souvenir que d'un rêve plein de péripéties et d'images grandioses. On se sentait abasourdi comme on l'est toujours quand on a été surpris par l'un des grands spectacles de la nature, un pompeux coucher de soleil sur un espace immense, une tempête en pleine mer, l'éruption d'un volcan, la rupture d'un glacier, l'incendie d'une forêt. Ce langage animé se reproduisait dans sa musique et s'y vivifiait encore. Elle possédait d'instinct le secret des grandes harmonies à un degré si haut, que les esprits les plus élevés en subissaient l'impression sans pouvoir s'en rendre compte. Pendant qu'elle jouait, les artistes se surprenaient à ne plus l'écouter et à improviser en même temps des choses qu'ils ne comprenaient pas et qui se trouvaient être des chefs-d'œuvre. Mais il ne s'en rencontrait pas un qui touchât la corde sensible. On effleurait à peine la surface de son âme. L'abord en était gardé par un sphinx invisible; Emilia était au rang des êtres surnaturels et des phénomènes moraux devant lesquels s'abaisse l'intelligence bornée. Il fallait une volonté ou une inspiration supérieure pour la réduire comme elle avait réduit elle-même le plus fameux ensorceleur de la terre, le violon de Paganini.

Il y avait eu affluence de concurrents. Le salon des de Cervilly était un lieu ouvert aux champions de toutes armes; le talent et les qualités extérieures y étaient aux prises et luttaient avantageusement avec la fortune et la naissance, mais les aciers les mieux fourbis s'émoussaient ou se brisaient sur la cuirasse impénétrable de l'héroïne inspirée. Ces sortes de tournois avaient eu leurs ridicules, la mode s'en était mêlée. Il ne fallait pas une grande perspicacité pour s'apercevoir qu'une des chances de succès était de s'ériger en émule de la jeune fille et de s'appliquer à exceller dans un de ces arts qui élèvent l'homme au-dessus d'une sphère bornée et abaissent l'idéal jusqu'à l'œuvre de ses mains. Les ateliers de peinture et de sculpture, ces officines du génie où le talent réel s'éprouve et s'épure comme l'or au creuset des railleries et des charges, furent encombrés de nouveaux visages et furent un temps, en grande vogue à ce moment-là; les fils de famille y descendirent et s'y abaissèrent à broyer les couleurs et à pétrir la terre glaise. Cet incident fut célèbre dans la chronique des rapins, qui

l'exploitèrent au profit de leurs estomacs avides et qui eurent l'ingratitude ironique de le désigner sous le nom d'Invasion des Barbares. Il y eut aussi les poëtes, les philosophes, les historiens, mais surtout les musiciens. Dire ce qui se perdit alors de couleurs, de terre glaise, d'encre et de colophane, ferait une énumération homérique dont ce mince récit serait trop encombré. Le combat des rats et des grenouilles est l'allégorie mot pour mot des luttes que se livrèrent les prétendants malheureux. Il y eut des maîtres de musique rivaux et jaloux de leurs élèves, qui leur apprirent l'art des cacophonies et le contre-point au rebours. Il y eut des steeple-chase de lectures, d'exécutions musicales, d'expositions à déprécier dix maisons jouissant d'une juste célébrité de bon goût et d'élégance. La position exceptionnelle de mademoiselle Faudoë de Cervilly justifiait toutes les extravagances. On ne l'approchait qu'avec une respectueuse curiosité, comme une chose surnaturelle. Sa seule présence soulevait des orages dans les cœurs. Sa physionomie s'était empreinte de ce caractère simple de beauté antique dont nous ne retrouvons l'idée que dans les chefs-d'œuvre grecs et qui expliquent la fameuse guerre de Troie suscitée par Hélène. Sa grande indifférence était un aiguillon non moins puissant que l'excellence de sa beauté. Le sentiment du beau l'avait absorbée et pénétrée de telle façon, que nulle autre affection ne se décelait dans tout son air; elle n'était plus que belle, comme le type de la beauté même ciselé par Phidias; elle était insensible aux pluies de fleurs, de compliments et d'hommages comme l'ont été les marbres grecs aux intempéries, aux coups de marteau et aux regards admiratifs des générations qui ont passé à leurs pieds. M. et madame de Cervilly désespéraient de rappeler jamais leur fille à la vie de la famille et du monde, quand un prince allemand se présenta attiré par la grande renommée de cette singulière pythonisse. Il était immensément riche et se disait artiste. On l'accueillit avec la distinction que lui méritaient ses titres et sa position élevée. En le voyant on commença d'espérer. Il était grand, beau et bien fait; sa beauté venait surtout de l'équilibre sagement réglé des facultés morales et physiques. Il était brun et nerveux; ses mouvements étaient prestes et mesurés par l'éducation gymnastique; sa voix était brève mais sonore; son œil noir et doré et son nez long et mince donnaient à sa mine ce caractère de hauteur qui ne messied pas aux princes. Il entra dans les salons des de Cervilly aussi résolûment que mademoiselle Emilia était entrée au concert du violoniste célèbre. L'aspect de la jeune fille le déconcerta; il se sentit vaincu au premier abord et n'osa pas se mettre au piano devant elle, quoique les pianistes allemands l'eussent annoncé comme leur maître. La belle Emilia dépassait les conceptions de son cerveau familiarisé avec les plus beaux rêves des poètes de sa nation. Il se recueillit dans ses réflexions pour y puiser de la force; il n'y trouva qu'une espérance vague. Il résolut de patienter et d'attendre l'heure du berger. Il prit M. et madame de Cervilly à part et leur fit sa déclaration fort simplement en homme confiant et digne. Il déclina de nouveau ses titres, énuméra sa fortune et mit tout aux pieds de madame et de M. de Cervilly en leur demandant la main de leur fille. On ne mit de condition à la conclusion du mariage que celle d'arracher le consentement d'Emilia. « Ranimez-la, faites-la revivre, elle est à vous, » répondait le père; Galatée ne sortira pas des mains de Pygmalion.

Le prince Boniface Léon Hercule de Hanswald était le titulaire d'une petite principauté d'Allemagne, dont le revenu le mettait au niveau des premières familles de la société parisienne. Il avait reçu une éducation libérale qui ajoutait à ses titres une véritable valeur personnelle. Malheureusement cette éducation avait été beaucoup trop surveillée par nombre de maîtres et de gouverneurs qui, à force de systématiser et de régulariser, avaient fait de sa jeune et exubérante nature ce que le ciseau des jardiniers architectes fait de la cime des ifs ou des orangers. Ils avaient arrêté l'élan de la tige comme on fait d'ordinaire, et, comparé à ce qu'il aurait dû être si son naturel eût suivi son cours libre, le prince de Hanswald était au-dessous de ce qu'il eût été, comme les orangers et les citronniers nains de Versailles diffèrent de leurs frères de la Provence, qui poussent en pleine terre et s'y couvrent de fruits dorés. Livré à lui-même après la conférence avec M. et madame de Cervilly, son premier soin fut de se dresser un plan d'attaque, plan raisonné et calculé dans toutes les règles, comme ceux que le prince Charles dressait contre Napoléon. Hélas! l'inspiration et le génie devaient le mettre en défaut, non pas à son insu, car il le pressentait, mais il ne tenait pas compte d'un pressentiment qu'il n'avait jamais pu analyser, comme si, en bonne mathématique, on devait négliger l'inconnue qui peut changer entièrement la solution du problème. La faculté supérieure d'Emilia échappait à sa méthode, et il était pas médiocrement embarrassé de voir que tous ses échafaudages de raisonnements ne pouvaient pas le hausser jusqu'à elle : c'était une de ces forteresses que l'on dit imprenables et qui ne s'enlèvent que d'un coup de génie.

Le prince était assidu chez les de Cervilly. Il avait sagement défendu qu'on instruisît Emilia de son talent musical. Il jouait avec elle l'indifférence, et ce fut un moyen assez habile d'attirer son regard. Ne se sentant pas la force de commander, il eut la modes-

tie d'obéir. Sa pensée se modela toujours sur la pensée inspirée de la jeune fille, et son langage suivit avec une souplesse extraordinaire les ondulations imagées et poétiques de ses improvisations parlées, à ce point que, sans le remarquer, Emilia se familiarisa avec ses réponses, comme un pâtre avec l'écho qui redit ses chansons naïves. Le prince devint son familier, puis son nécessaire, pas encore son ami. On sait avec quel laisser-aller certains grands seigneurs ou hommes d'étude traitent leurs secrétaires; c'est pour eux une sorte de meuble marchant et animé qui reçoit leurs confidences, leurs ordres, leurs boutades, sans avoir le droit de représailles et de contrôle, et dont les réponses les mieux trouvées, les plus insidieusement spirituelles, sont à peine écoutées, flairées au hasard, retenues ou négligées, comme si elles ne sortaient pas d'une bouche humaine et ne faisaient que vibrer dans l'air comme le bruit du vent dans les feuilles. Le prince auprès d'Emilia en était réduit à un rôle passif de cette nature. C'était humiliant pour un grand seigneur, plus encore pour un homme, plus encore pour un amoureux. Devenu le compagnon de ses promenades solitaires, il n'avait pas été désenchanté au contact de tous les jours. Le prestige était plus fort que l'habitude. Il semblait croître de jour en jour, comme un fruit qui tend à la maturité. La statue se colorait; les feux de l'adolescence l'animaient de leurs teintes vives; les exercices la faisaient voir sous mille aspects différents. Elle conservait toujours au fond son immobilité de marbre, mais les circonstances ou les accidents de l'inspiration ou de la vie variaient ses poses. Au bois, c'était Diane chasseresse; à la maison, Polymnie drapée dans ses longs plis; au piano, on eût dit la déesse de la beauté. Le pauvre prince commençait à devenir aussi rêveur qu'un étudiant allemand imbu de légendes et de ballades. C'était un acheminement vers le but; mais, hélas! qu'il était éloigné et qu'il fallait de soupirs pour combler la distance!

Un soir, Emilia s'était assise dans le jardin de l'hôtel sur un banc de marbre; le prince était auprès d'elle sans qu'elle s'en aperçût. Les étoiles commençaient à s'allumer et irisaient de diamants l'herbe brunie de la pelouse; la lune se montrait au-dessus de l'angle ardoisé de l'hôtel dans un nuage ouaté blanc et gris. Le tumulte de Paris était confus comme le bruit de l'Océan et les feuilles chuchotaient avec une molle cadence. Les grands yeux bleus de la jeune fille se tournaient vers le firmament pour le refléter tout entier. L'une de ses mains, pâle et molle, contenait les battements de son sein, et l'autre s'étendait sans effort et marquait sa ligne correcte sur l'ovale de son genou. Ses cheveux ondés se partageaient en deux ailes repliées au-dessus des tempes bombées et formaient en arrière une lourde gerbe dont le poids faisait fléchir mollement la ligne suave du cou; sa narine était enflée par l'inspiration et sa bouche ouverte pour prophétiser. Le prince de Hanswald, soit qu'il trouvât le moment propice, soit qu'il cédât malgré lui à la véhémence de sa passion, se mit aux genoux d'Emilia et, d'une voix entrecoupée de soupirs, bégaya ses prolégomènes amoureux. Un moment il se crut écouté; les yeux étaient toujours grands ouverts sur le ciel, la narine et la lèvre remuaient légèrement; l'oreille semblait aspirer les moindres modulations des bruits extérieurs; la main blanche pressait toujours le sein gonflé d'émotions. Hanswald attendait une réponse, un épanchement longtemps contenu; son âme s'ouvrait d'avance pour ne pas laisser perdre une seule de ses paroles embaumées; il tressaillait d'espérance et d'amour, quand Emilia pencha la tête et le vit à ses pieds. « Vous cherchez des lucioles? » fit-elle de l'air le plus indifférent du monde; avez-vous trouvé des lucioles? » Et comme il restait abasourdi sous cette réponse, elle se laissa nonchalamment et ramassa devant les genoux du prince un ver luisant qu'elle fit briller à son doigt comme une topaze vivante. Elle rentra sans faire plus d'attention à son cavalier servant, qui s'était évanoui de désespoir. Il va sans dire qu'Emilia n'avait rien entendu, absorbée qu'elle était dans ses propres contemplations.

Hanswald raconta sa découvenue à M. et à madame de Cervilly, dont les alarmes redoublaient de jour en jour. On se consulta de nouveau avec des hommes d'art et de science, et le résultat des délibérés fut qu'il serait bon d'amener mademoiselle Emilia à communiquer avec le public. Un échange d'émotions violentes, comme celui qui s'opère entre l'artiste et la foule, pourrait seul la ramener au sentiment de la vie active extérieure. Le tout était de la décider à se montrer dans un concert. Un ecclésiastique distingué, ami de la maison et chanoine honoraire de la cathédrale, fut chargé de lui insinuer ce projet en lui donnant la forme et l'intention d'une bonne œuvre. Il avait été résolu, en effet, qu'il y aurait une collecte et que le produit en serait distribué aux pauvres. Cette noble idée, insinuée avec une voix persuasive habituée à remuer les cœurs, toucha une fibre délicate dans l'âme de la jeune fille, et elle se décida sur-le-champ à jouer du piano devant ce public à un certain jour qu'elle désigna elle-même. Elle ne s'en préoccupa aucunement et ne s'y prépara pas plus qu'aux actes les plus ordinaires de la vie. Le chanoine triomphant demanda pour sa récompense d'amener au concert un jeune homme, son neveu, qui avait été enfant de chœur à la cathédrale, qui depuis avait suivi le cours de Choron et promettait un sujet distingué à l'art de la composition musicale.

La permission fut accordée avec une insistance et un empressement qui éveillèrent dans l'âme du prince Boniface Léon Hercule de Hanswald les premières inquiétudes et les premiers soupçons d'une jalousie instinctive.

Bolée Bénigne, c'était le nom du jeune homme, était le fils d'un artisan qui s'en était remis du soin de son éducation au chanoine de la cathédrale, son parent. L'enfant avait grandi assez librement sous les hautes voûtes de Notre-Dame, aux lueurs bleues et rouges des vitraux, à la fumée de l'encens, au chant simple des psaumes et aux bruits imposants de l'orgue. Les leçons de plain-chant, de latin et de grec, n'avaient pas tellement occupé son esprit qu'elles n'y eussent laissé place à la rêverie enfantine qui est le prélude du génie. La longueur des offices, qui aurait pu alourdir toute autre imagination, favorisait le développement de la sienne. Doué d'une facilité merveilleuse d'intuition, dès l'enfance et aussitôt qu'il fut apte à en déchiffrer le sens littéral, il pénétrait le mot caché des versets de la Bible, il s'en assimilait la poésie, s'en aidait pour s'élever aux plus sereines contemplations de la religion et de l'art. L'habitude des mélodies et des harmonies simples du sanctuaire fécondait et épurait son génie musical, comme l'étude des modèles grecs forme les peintres et les statuaires en leur montrant la beauté dans la simplicité. Bolée avait dix-huit ans et achevait solitairement ses études à la charge de son oncle le chanoine, qui avait foi dans son avenir. Il vivait fort en dehors du tumulte musical des concerts et des théâtres; il se défiait singulièrement du pastiche et ne se souciait pas de chercher dans l'œuvre d'autrui des inspirations qui abondaient aux profondeurs de son âme, comme les sources formées goutte à goutte dans les flancs des grottes ombragées. Néanmoins le génie exerçait sur lui une influence sympathique dont son cœur simple ne se défendait jamais. Il était toujours le premier à saluer l'avènement d'un homme supérieur ou l'apparition d'un véritable chef-d'œuvre. Dans le cas même où leur succès aurait pu être compromis par l'intelligence du vulgaire ou les cabales des médiocrités, son enthousiasme suscitait des admirateurs naïfs et sa présence seule dans une salle pouvait déterminer la chance en faveur du talent persécuté. Il se sentait assez fort par lui-même et avait assez de confiance dans la providence universelle qui fait à chacun sa bonne part, pour ne jalouser pas plus un autre mérite que les étoiles et les fleurs ne se jalousent entre elles. Aussitôt qu'il avait entendu parler de mademoiselle Emilia Faudoï de Cervilly, il avait exprimé le désir d'assister à une de ses improvisations. Son oncle le chanoine fut tout heureux de lui en procurer le moyen, et, le jour venu, il se disposa à cette fête comme un amant ein-

être de la nature à une promenade matinale dans un site rouge des premières pourpres de l'aube.

Tout Paris eût voulu assister à cette solennité; jamais on n'avait été plus généreux; on doublait, décuplait, centuplait le prix des places, et les pauvres faisaient d'excellentes affaires. Les appartements de l'hôtel de Cervilly, tout spacieux qu'ils fussent, ne pouvaient s'élargir à toutes les avidités. — Le nombre fut limité aux personnes les plus éminentes dans tous les genres.

Ce fut une de ces réunions d'élite où chaque visage porte un nom, où la beauté, le génie et la richesse fraternisent un instant, où se détachent sur l'éclat des diamants et au milieu des visages les plus coquets les trois ou quatre têtes dont l'intelligence domine le monde. Boëce Bénigne fit sensation en entrant. Ces hommes et ces femmes, habitués à discerner au premier coup d'œil les indices du génie sur le front et dans les yeux, se le montrèrent tacitement et semblèrent se demander: Quel est ce jeune homme? Le prince de Hanswald étudia son entrée et sentit se confirmer ses soupçons; Il alla se placer à ses côtés d'un air indifférent. Lui aussi, il fut remarqué avec intérêt, mais comme un bel échantillon de la race humaine. Les longues touffes de ses cheveux noirs ondulaient gracieusement sur son front et sur son cou brun. Ses yeux répandaient des éclairs, et la passion qui oppressait sa large poitrine donnait à sa physionomie un caractère sublime. Boëce eût dû être écrasé par ce voisinage, lui presque frêle; car il n'avait que dix-huit ans, et emprisonné contre son habitude dans un vêtement à la mode, trop bien ganté pour être à son aise. On lui fit l'honneur pourtant d'étudier sa physionomie; les figures les plus sévères, comme les visages les plus gracieux, s'arrêtaient sur le sien pour tirer son horoscope; il en ressentit un frisson de plaisir et de crainte en même temps. Il lui venait à la pensée de ces mots par lesquels on se prouve à soi-même que l'on a la conscience de sa valeur, des Cependant! des Et moi aussi! qu'il sentait combattus par un pressentiment indéfinissable; il lui sembla que toutes ces bouches sérieuses ou gaies lui murmuraient des paroles à double entente; « Tu seras Marcellus, et tu brises le destin rigoureux! » Il passa une sueur glacée sur son visage. La vue d'Emilia fit trêve à tout.

Elle était drapée d'une fine robe de mousseline blanche dont les petits plis s'étaient pressés et arrangés comme d'eux-mêmes autour de sa taille de déesse. La salle entière sentit une impression de froid et de terreur; on eût pu croire que la Vénus Victorieuse était descendue de son socle, et s'était invitée d'elle-même au concert, comme la statue du Commandeur au souper de Don Juan. Ses yeux fixes ne virent per-

sonne, elle s'assit et joua. On écouta comme si Dieu parlait. Et n'est-ce pas Dieu lui-même qui agit quand l'inspiration est toute spontanée et dépasse les limites étroites de notre misérable nature! L'intelligence, la beauté et la critique étaient sous le joug. On n'applaudissait pas; on frissonnait et on pleurait. La force mathématique du prince de Hanswald était réduite à néant. Il priait, il demandait l'inspiration ou la grâce, il se désespérait. Boëce était radieux. Tout d'un coup, il murmura à voix basse, de façon pourtant à ce que le prince l'entendît; « Je comprends, je vois ce que c'est. » Sa figure avait pris une expression d'unité semblable à celle d'Emilia. « Venez avec moi! » dit le prince d'un ton impératif, qui déplaça Boëce et lui fit suivre le prince. Ils sortirent sans que l'assemblée s'en aperçût et allèrent dans une chambre voisine « Vous avez le secret d'Emilia, dit le prince, en tenant ses yeux fixés sur les yeux bleus et calmes de l'adolescent?

— Oui, fit-il d'un air de naïveté adorable, c'est bien simple. Donnez-moi Mozart ou Beethoven, choisissez un morceau entraînant, élevez-le d'une progression de plus.

— Je ne comprends pas, fit le prince.

— Ce n'est pas nécessaire, dit le jeune homme, donnez-moi une plume; » et il écrivit ce qu'il appelait une progression musicale. Il en écrivit cinq ou six de suite sous le coup de l'inspiration développée en lui par le jeu d'Emilia. « C'est bien simple, dit-il en finissant. Mes seules forces n'auraient pas pu vaincre l'inspiration pure, mais à l'aide de Mozart et de Beethoven j'en suis venu à bout: jouez ceci. »

Le prince exécuta et se sentit investi de la puissance du génie. « Que voulez-vous de votre secret? dit-il à Boëce?

— Ces choses-là ne se vendent pas. Aimez-vous Emilia?

— J'en suis fou depuis que je l'ai vue; je mourrai si je ne puis m'en faire aimer.

— Je vous donne le secret; seulement, il faut que je parte dès aujourd'hui, ce soir même. Donnez-moi votre bourse pour le départ, je saurai gagner ma vie en route; je chante, je joue du piano, et je suis un homme. » Ce dernier mot fut prononcé avec une énergie qui le grandit encore aux yeux terrifiés du prince; il prit son portefeuille et le tendit au jeune homme. « C'est trop, fit-il, une bourse seulement! » Le prince lui tendit sa bourse. « Attendez encore, dit Boëce; une plume s'il vous plaît! » Il écrivit à la hâte ces trois lignes:

« Mon cher oncle,

« Il faut que je vous quitte: ma vocation m'entraîne; votre tendresse s'opposerait à mon départ: je

Emilia avait résolu de s'y soustraire.

« vous fuis. Je visiterai l'Italie et l'Allemagne ; je se-
» rai de retour dans trois ans.

« Ma vie est à vous après Dieu et mon art.

« DOLCE BÉNIGNE. »

« Donnez ceci à mon oncle le chanoine ; adieu !
Soyez heureux et aimez-la toujours ! » Sa sortie fut
morne et glaça le prince de terreur. Il se recueillit
dans sa joie et rentra au salon, certain de la victoire.
Émilia était assise à l'angle du piano et n'écoutait les
chuchotements de la foule que comme un berger
écoute le vent, comme un marin écoute la mer. Le
prince Boniface Léon Hercule de Hanswald s'assit
résolûment à côté d'elle, aux murmures de l'assemblée ; ses doigts profanes préludèrent sur l'ivoire sacré, et la foule des hommes et des femmes, indignée,
grondante, allait se lever en fureur comme les Ménades
contre Orphée, quand une note sifflante dominant
une harmonie sourde, comme l'éclair domine l'orage,
apaisa toutes les rumeurs et remua dans tous les
cœurs des sensations inconnues. Le grand secret était
trouvé ; Émilia pâlit, chancela et tomba aux genoux

du prince à la face de tous ; on la releva souriante et
ranimée. « J'ai trouvé mon vainqueur, » disait-elle, et
elle ramassait les violettes et les roses qu'on avait jetées
à ses pieds ; elle se pencha à l'oreille du prince et lui
dit, sans penser qu'elle fût une jeune fille : *Je vous
aime!* Les yeux du prince ruisselèrent de larmes.
M. et madame de Cervilly qui étaient là pleurant de joie
s'écriaient : « La condition est remplie ! » et le mariage
était publié aux applaudissements de nombreux en-
thousiastes. Ce furent les fiançailles. Le mariage ne
tarda pas, et la musicienne envolée avait fait place à
l'épouse respectueuse et soumise. L'amour avait absorbé l'inspiration, ou plutôt la vie d'Émilia n'était
plus qu'une inspiration amoureuse aux genoux du
prince, si bien qu'il en était tout confus, lui qui ne
devait son triomphe qu'au secret trouvé par un autre. Chaque parole tendre de la princesse était un
glaive à deux tranchants qui transperçait son cœur.
« Vous êtes mon vainqueur et mon roi ! » lui disait-elle
avec toute l'emphase de l'adoration ; et ce pauvre roi,
honteux, songeait que sa couronne et son sceptre ne
lui appartenaient pas. « Ne parlons plus musique, di-

Et comme il restait abasourdi sous cette réponse.

sait-il sans cesse d'un air embarrassé, et la princesse exigeait vingt fois par jour que les mélodies victorieuses s'envolassent du clavier. « Donnez la liberté, disait-elle, à ces colombes amoureuses qui ont amené notre union! qu'elles me caressent de leurs ailes et m'enivrent de leurs baisers! »

Hanswald s'efforçait de se substituer lui-même à l'effet produit par ces douces mélodies. Sa fortune se métamorphosait en merveilles aux pieds de sa fée enchanteresse. Il voulait à tout prix recouvrer la paix de l'âme, et, se faisant aimer pour son amour, garantir la sécurité de sa vie. Il prépara les voies du mieux qu'il put, et, quand il se crut certain d'une seconde victoire, il fit son aveu à la princesse.

Il s'y prit assez adroitement. Il se rappela mot par mot son entretien avec le jeune Boisé, et fut assez heureux pour faire comprendre à son adorée que tout son secret consistait dans une progression mathématique et qu'il n'y avait là qu'un hasard de calcul.

La princesse fit un grand éclat de rire et se mit à sauter comme une pensionnaire de seize ans. « Ce n'est

que cela, dit-elle; l'inspiration peut-être vaincue par un calcul! J'étais folle! je me perdais dans les nuages; je veux revivre sur la terre, je veux être une femme comme les autres. Adieu la musique et les arts à tout jamais; mon mari, je ne veux plus aimer que vous. »

La princesse tint parole et assura à son époux un bonheur uni, dont il se contentait en expiation de sa faute. Elle se rendit au monde et à la vie active. M. et Mme de Cervilly étaient heureux de son changement. C'était le modèle des ménagères, la patronne de toutes les œuvres pieuses. Elle se multipliait et rendait mille bons offices à tous ceux qui l'approchaient. Le bien la consumait, le beau lui était devenu indifférent.

Trois années s'écoulèrent ainsi pieuses et réglées comme les heures des couvents.

Au bout de ce temps-là un prédicateur célèbre attirait la foule à Notre-Dame. Le prince et la princesse étaient assidus à ses conférences. Un jour qu'ils étaient assis dans la grande nef à attendre le sermon, un jeune homme passa près d'eux, qui se retourna en les voyant et se prit à les considérer avec une attention minutieuse. Le prince reconnut Boëce Bénigne et sentit un tremblement nerveux lorsque ses yeux inquisiteurs s'arrêtèrent sur les siens et semblèrent lui montrer le visage affaissé et changé de la princesse. Il s'approcha discrètement de l'oreille de Hanswald et y glissa cette accusation terrible : « Vous ne l'aimiez pas! vous n'étiez pas digne d'elle. »

Le jeune homme traversa la foule, qui se dérangea complaisamment sur son passage; il avait pris du corps et de la tournure et sa tête illuminée en imposait sans effort. Il arriva à la tribune du fond suivi par l'œil brûlant du prince et monta légèrement l'escalier qui mène aux orgues. Quand le sermon fut achevé, au moment où la foule vivement émue se prête difficilement à une nouvelle émotion, les orgues éclatèrent comme la foudre du Sinaï et annoncèrent une mélodie large et sévère qui ravit en extase l'auditoire pieux. Le prince de Hanswald sentit ses cheveux se hérisser et toutes les fureurs d'Othello bouillonnèrent dans ses veines quand il vit à ses côtés la princesse Émilia redevenue pâle et immobile, comme avant son mariage, seulement d'une pâleur plus marquée, d'une immobilité plus majestueuse encore. Il se leva inquiet, confia la princesse à ses gens, et alla se poster au bas de la tribune. Quand Boëce descendit, il l'aida à traverser la foule, l'emprisonna dans une voiture et lui dit avec beaucoup de calme : « Monsieur, je suis marié à la princesse Émilia Faudoë de Cervilly; vous me la ravissez, il faut que je vous tue. Choisissez vos témoins. » Boëce en trouva sur la place même, le prince en prit sur la route, et ils se dirigèrent vers le bois de Vincennes. Tout fut terminé en deux heures; Boëce Bénigne reçut une balle au milieu du front. La princesse n'a jamais rien su de l'aventure.

Depuis, à travers les grilles qui bordent le petit chemin de ronde des Champs-Élysées, auprès de l'ambassade turque, on aperçoit, au milieu d'une pelouse verte, un hôtel soutenu par des colonnes corinthiennes en marbre blanc. Le silence et la solitude l'habitent. La nuit, il en sort quelquefois deux ombres, au galop de chevaux étincelants. Tout ce qu'on dit, c'est qu'il est habité par deux spectres : un fantôme et une statue.

* * *

LES

DEUX FERMES

Un jour, il me prit fantaisie d'étudier la campagne. J'entrai dans une salle d'attente de chemin de fer, et, lisant les noms des stations diverses écrits sur la pancarte, je m'arrêtai à la première, qui, m'étant tout à fait inconnue, offrait un attrait plus vif à ma curiosité. Je n'essaierai pas de décrire la cime des arbres et la courbe des horizons qui m'ont passé devant le nez ; j'arrive en une heure au plus sans avoir eu le temps d'échanger un mot avec les figures qui se trouvaient dans mon compartiment. J'ai bien entrevu quelques têtes d'étude : tout ce qui était là se trouvait comme mon esprit en rapport immédiat avec les champs : fermiers, manouvriers, gens d'affaires ; jusqu'au rentier, jusqu'à la nourrice. Nous vivons tous de la terre, et chacun y arrange son nid comme il sait, comme il peut, selon le vent qui souffle dans les ailes de son moulin.

Le wagon me laisse au bord de vastes plaines couvertes de blés mûrissants. A une demi-lieue, quelques maisons blanches à toits rougeâtres indiquent un village dans un massif d'arbres domestiques ; au-delà, une montagne cultivée jusqu'à mi-côte, et le haut boisé, mi-taillis, mi-futaie : c'était justement ce que je cherchais. L'entrée du village est misérable, le chemin est crevé d'ornières, encombré d'ordures ; les haies, qui ne sont jamais taillées, prélèvent une dîme sur les charrettes de foin. Les poiriers tombent en décrépitude et les feuilles gourmandes mangent le fruit. Les paliers des maisons sont en ruine ; les bois sont mangés aux vers. Les filles de dix-huit ans n'ont que leur beauté à peine visible sous

leur vêtement sordide ; les gars sont lavés par l'air, et les vieillards font peur. A l'entrée du pays, une mare fétide amasse toutes les ordures et tous les miasmes. Il y barbote en famille des oies, des canards et jusqu'à des porcs. Les bestiaux y viennent boire ; heureusement que leur mufle est une sorte de filtre qui rejette la plus grosse part des immondices dont l'eau est infectée.

Des femmes qui paraissent toutes vieilles, à genoux dans la paille devant une planche de sapin lisse et savonnée, qu'elles appellent leur banc, lavent, si c'est le mot propre, une toile rousse dont la grosse crasse est chassée à grands coups de battoir, mais revient avec l'écume de l'eau verdâtre. Je passe. Une porte cochère pratiquée dans un mur élevé, maintenu par sa solidité seule, mais dévoré de lichen et de mousse, m'annonce une ferme. Je pousse le loquet de la petite porte, et me voilà dans une cour spacieuse, mais puante ; le fumier n'est pas entouré de rigoles, et on enfonce jusqu'à la cheville dans un liquide roussâtre, qui perd ici en miasmes délétères ce qui serait ailleurs une source de fécondité. Le hangar est encombré de bois, charrettes, ustensiles : la cabane des lapins est obstruée.

Il y a bien au milieu de ce désordre une certaine gaieté qui provient des mouvements et des cris des volatiles : le coq-dinde blanchâtre, dont le cou s'enfle et bourgeonne comme le nez d'un vieil ivrogne ; les canetons velus et les canes qui boitent, tous en robes d'hermine et en manteaux veloutés ; les oies qui vont sus aux passants comme un troupeau d'in-

belles ; le coq fier comme un beau sultan au milieu
de son harem ; les poules aussi bruyantes qu'une veillée
de village, picorant dans le fumier le grain nourricier
qui fait l'œuf du lendemain ; les cochons, encapu-
chonnés de leurs longues oreilles : tout cela bariolant
de teintes rouges, de plumages de feu, de grisâtre,
de blanchâtre, de vert doré, le fond d'or du fumier
offrirait un thème admirable au pinceau d'un colo-
riste fanatique.

Mais l'a plus b et le deux et deux font quatre n'y
trouveraient pas leur compte. Je vais plus loin, ce
qui plait sur la toile, grâce au talent du peintre qui
emprunte sa magie au soleil et fait le rôle du Créateur
plus beau à mesure que la création est plus avilie,
cela est répugnant, vu au naturel, quand on conserve
le sentiment de la dignité humaine.

La maison était seule et fermée à clef. J'aperçus, à
travers les vitres, un mobilier délabré composé de
pièces rapportées de la ville et achetées à vil prix
chez quelque marchand de bric-à-brac.

La porte de l'écurie, obstruée par le fumier, ne céda
qu'à grand'peine. Les vaches étaient belles, mais sa-
les : le taureau était superbe, mais inabordable pour
cause autre que sa férocité.

J'entendis crier la porte cochère sur ses gonds
rouillés. Un petit vieillard, en blouse bleue encrassée
par de longs et rares cheveux gris, en repoussait les
battants d'une main rousse et déchirnée. Ses petits
yeux diamantés se dardèrent sur moi et prenaient
déjà mon signalement, quand je lui dis le premier :

— Bonjour, monsieur ! pourriez-vous me louer un
pied-à-terre ?

— C'est une chambre qu'il vous faut ? Eh bien ! je
vais dételer, et vous allez entrer goûter notre vin.
Nous verrons à vous arranger. Vous êtes de la ville ?

— Comme vous voyez.

— Est-ce que vous êtes architecte ?

— Non, non.

— Vous vivez de vos rentes ?

— Pas le moins du monde.

— Ah ! ah ! Mais je veux vous la louer cher, ma
chambre.

— Combien donc ?

— Deux cents francs par an.

— Mettons cent francs, et c'est une affaire entendue.

Pendant ce dialogue, les chevaux, de grosse race
normande, mal peignés, vu l'âge et la petite taille du
bonhomme, prenaient d'eux-mêmes le chemin de l'é-
curie.

Lui, en se cachant autant qu'il put de sa blouse,
avant la clef sous une grosse pierre, et m'invitant à le
suivre, descendit trois marches tendues qui aboutissaient à une chambre basse ; il tira d'un vieux garde-
manger un pot en faïence noire, qui s'évasait en forme
de bonnet de prêtre, et me dit, prenant une autre clef
derrière la porte :

— Attendez-moi une minute.

L'examen qu'il avait fait de ma personne et de ma
physionomie lui avait inspiré juste assez de confiance
pour m'accorder l'espace d'une minute la garde et la
disposition de son sanctuaire de famille, sous la sur-
veillance des dieux lares les plus mal décrassés qu'on
puisse imaginer.

Il remonta avec son pichet, rinça deux de ces verres

à côtes qui ont donné lieu à l'ancien dicton : boire à
petits coups, et me versa fort libéralement d'un vin
qu'on aurait pris à sa couleur de rose pour du jus de
groseille. Au goût, c'était ce qu'on pourrait nommer,
en style scientifique, une boisson acidulée.

Pensait-il trouver dans ce petit vin un compère qui
l'aiderait à me faire conclure un mauvais marché ?
J'ai peine à le croire.

La poire fut coupée par le milieu, et le marché se
conclut à 150 francs. A défaut de vin suret, la bonhomme proverbiale du paysan avait atteint son but.

C'est dans ses rapports journaliers avec l'habitant
des villes que le paysan laisse voir aux seuls traits
exercés, les facultés ou plutôt les nuances impercep-
tibles de son caractère.

Le bonhomme était marié en secondes noces, ayant
eu des enfants du premier lit, à une femme qui, avec
lui, faisait bien la paire.

La femme n'est pas moins prêteuse et plus accapa-
reuse. Elle avait ses qualités et ses défauts, laborieuse
comme cet insecte, plus vigilante que le coq, plus
criarde que l'hirondelle. Je l'ai vue s'attendrir et
pleurer sincèrement, à la nouvelle d'un accident sur-
venu à un voyageur. L'image de la mort violente
agit fortement sur les personnes laborieuses, qui n'ont
pour but de leurs efforts que d'amasser des gros sous,
pour les changer en pièces de cinq francs, et d'empiler
des pièces de cinq francs pour les changer en bien-
fonds, ou les convertir en pièces jaunes, que l'on
amasse dans une grande jatte d'argile.

Prendre par petites parcelles, sans se laisser découvrir, et garder avec des yeux d'Argus le trésor sans
cesse grossi, semblait être le soin unique de cette
dame, fort estimable du reste, par devant le notaire
qu'elle faisait vivre, et les tribunaux qui ne pouvaient
être invitués à ses peccadilles.

Elle racontait elle-même, et dans un langage colo-
ré, comme un sauvage ses captures, le récit d'une
de ses fraudes à main armée.

« Un jour, dit-elle, en faisant de l'herbe, je m'étais
laissée aller hors de mon terrain. J'avais mis deux
tabliers noués ensemble, et ma tête disparaissait sous
ma charge, comme un âne qui revient de moisson
quand tout d'un coup je me sens culbutée dans un
fossé, les jambes en l'air, et deux jalouses, avec leurs
faucilles, se mettent à couper mes cordes et à se partager mon herbe. Je ne fais qu'un saut de l'autre côté
du fossé, et à mon tour, ma faucille en l'air, de fon-
cer sur elles comme une furieuse. J'en accroche une
par le chignon, et je tape sur l'autre. J'ai vu leur
sang, et j'ai repris mon herbe. »

La nuit, on aurait dit que les âmes revenaient dans
ses pots.

C'était elle qui mettait la présure dans le lait, écré-
mait les jattes, enlevait le caillé, étendait le fromage
sur les brins de paille, battait le beurre, comptait
ses œufs, et s'endormait d'un sommeil de chien de
berger, après avoir donné un coup d'œil à son épar-
gne.

En quatre heures elle faisait son marché, et il fallait deux heures pour aller à la ville et en revenir. Le
mari, parti du matin, ne revenait que le soir, trébu-
chant. Jamais un mot de reproche ; elle savait que
l'homme est d'autant plus honteux qu'on lui fait

moins sentir sa faute. C'était une rusée diplomate, maîtresse de tout, sauf de quelques pièces de cinq francs que le vieux loup retenait sur ses marchés, et cachait dans de vieux bas, sous la feuillette de vin, dans le plâtre, sur un chevron, dans un trou de mur. Quelquefois la fouine passait, et drelin, drelin, drelin! le son argentin accusait le cacheur, qui rentrait la queue basse et tremblait de voir sa vigoureuse moitié user des moyens de rigueur. Elle se contentait de mettre les oiseaux en cage, et engageait fermement son homme à ne pas recommencer.

Les extra dudit bonhomme consistaient en une partie de cartes au cabaret, le dimanche, et, quand il allait au marché, en une portion de fricot, suivie du gloria et du pousse-café, tout en causant du prix des grains avec ses confrères de la halle. Ces mœurs-là sont fort répandues.

Le bruit courait qu'étant plus jeune, ces petits défauts étaient couronnés par une propension assez mal dissimulée à protéger les filles de ferme, comme dans les grandes villes certains notables protègent les danseuses. Ces bruits assez mal fondés lui donnaient un petit air important, et un petit air malin qui ne lui messeyait pas. C'était un rempart contre l'accusation d'avarice; et quoique ce vice n'en soit presque pas un à la campagne, ce n'est pas celui qu'on y affiche le plus.

Le vieux au fond était avare. C'était à grand'peine, et sur la fin de sa carrière seulement, qu'on l'avait vu s'adjoindre un ou deux aides, et il avait soin de les choisir parmi les adolescents imberbes qui servent encore la messe. Il les prenait par la douceur, les encourageait par des lazzis, et les payait avec de bonnes paroles et un peu de cette piquette dont nous avons fait l'éloge au commencement. A mesure qu'ils se fortifiaient, il les serrait de plus près et se les attachait par une paire de sabots donnée à propos, une pièce de dix sous le dimanche, et nourrit! « Ne fréquentez pas les mauvaises compagnies, » leur disait-il paternellement. Il ne voulait pas que des indiscrets vinssent leur siffler aux oreilles : « Combien gagnes-tu ? » et puis, dans le temps, la mère du jeune homme avait eu un billet en souffrance. L'occasion était belle pour se faire payer, et le vieux renard ne la manquait pas. Avec cela, peu curieux.

Demeurant à quelques lieues de Paris, il y avait mené un jour une voiture de foin qu'il n'avait pu vendre sur place au marché du canton. Arrivé sur les onze heures, il était reparti à trois, n'ayant pas trouvé que le quai de la Seine fût différent là de ce qu'il est ailleurs. Ne se sentant pas en sûreté avec son sac d'argent, il était rentré en grande hâte, gourmandant ses bêtes et jurant qu'on ne le reprendrait plus sur cette vilaine grand'route.

Comme j'ai prévenu dans mon petit préambule que j'étais venu là étudier la campagne, on ne m'en voudra pas de ne passer sous silence les choses qui me sont purement personnelles et n'ajoutent rien à l'étude que je fais d'après nature de ces types si accentués qu'on retrouve néanmoins dans presque tous les villages de France, nature de hobereaux sortis de la glèbe et qui lui sont restés fidèles, alliant, aux velléités dominatrices des petits seigneurs d'autrefois, l'as-

ture bourgeoise du moyen âge et les qualités solides du bon manouvrier : tête et bras, au détriment du cœur et du sommet de l'intelligence; perception fine, application prompte, entêtement systématique, stoïcisme brutal, voilà le résumé du caractère de ces nouveaux tenanciers de la terre qui ont fait la transition de 89 à nos jours et que les paysans d'aujourd'hui doivent remplacer en retenant leurs qualités et en effaçant leurs vices qui, le plus souvent, ne sont que d'abus des qualités mêmes.

Des concessions de bon voisinage, faites à leur amour du gain qui était la caractéristique des deux époux, m'avaient initié à leurs pensées les plus secrètes et m'avaient permis d'assister, quand j'en avais le désir, à toutes les péripéties de leur existence.

Quelquefois la bonne femme, âgée de soixante-treize ans, m'adressait de fins compliments, me faisait des caresses et allait jusqu'à m'envoyer des chatteries telles que fromage à la crème, œufs bien frais et galette feuilletée, avec des quartiers de pomme dessus. Où voulait-elle en venir ?

— Ne pourriez-vous point m'enseigner la lecture ? Je ne connais que mes lettres, mais je ne sais point les assembler. Je ne sais pas si ce sont mes verres de lunettes qui sont troubles ou ma vue qui se perd, mais je ne puis lire que les prières que je sais par cœur. Sortez-moi de là, je n'y vois plus qu'un nuage. Ne pourriez-vous pas, vous qui avez tant de si beaux livres, passer un moment de votre soirée à m'apprendre ce que vous savez, en payant, bien entendu, seulement à signer mon nom et pouvoir déchiffrer mes baux. Tenez, lisez-moi seulement cette page.

Et tous ces préparatifs aboutissaient à me faire lire l'acte qu'elle avait passé chez le notaire dans la journée, et je voyais, à l'immobilité de son regard bleu-clair et à ses lèvres pincées, qu'elle en contrôlait mot pour mot l'exactitude.

Le mari s'étant aperçu que je prenais un intérêt fort vif à tout ce qui touchait à l'agriculture, que je mettais le nez sur le moindre brin d'herbe, et que l'encolure d'une bête et les détails les plus minutieux du ménage rustique ne m'étaient pas indifférents, me fit un jour une proposition que j'acceptai de grand cœur.

— Voulez-vous, me dit-il, assister à une vente par adjudication d'une grande ferme? J'y vais pour acheter ce qui pourra me convenir et surveiller le recouvrement d'une créance. Je vous offre une place à côté de moi sur ma charrette; je vous mettrai une botte de foin pour diminuer les cahots, et là-bas j'espère que vous paierez pot.

— Convenu.

Le plus beau cheval de charrue, abattant lourdement ses larges sabots couronnés de crins jaunissants, nous mena en une heure et demie, d'un trot dur et impitoyable, jusqu'à la métairie, qui se trouvait à deux lieues de distance.

La cour était encombrée de villageois de tout état, depuis propriétaire jusqu'aux simples manouvriers, jusqu'aux maîtres d'école. On y voyait des fermières avec leur bonnet à longues ailes blanches et leurs filles en bonnets nouveaux brodés, retenus par des rubans de satin blanc piqué, au-dessus du front, par une épingle en or à grosse tête, en cellule d'abeille. C'était un fourmillement, une cohue, un boulvari général. Le notaire, tout en noir, assisté de son clerc; buvait un verre de bin sur la table de la cuisine, en feuilletant l'inventaire. Le commissaire-priseur était avec son crieur, monté sur une sorte d'estrade supportée par des tonneaux. Les petites bougies l'attendaient et la foule bourdonnait autour. On commença par l'adjudication des lots de terre, et ce fut une vraie curée. On eût dit que chaque assistant s'était juré de faire monter son voisin jusqu'au double de la valeur énoncée; mais à une certaine limite l'ardeur se ralentissait, et la proie était adjugée quelquefois à un imprudent ou à un malintentionné qui comptait sur une surenchère.

C'était pitié de voir l'adjudicataire suivre de l'œil la petite flamme de la bougie qui bientôt n'était plus qu'un fumeron, et au cri sacramentel : Adjugé! il tournait le dos à l'estrade, baissait la tête et s'enfuyait pour se soustraire aux félicitations ou aux lazzis, suivant que le marché était plus ou moins bon; quelquefois aussi pour dissimuler la pudeur de l'avare pris en flagrant délit d'acquisition.

On en vint aux bestiaux. Les ruminants bœufs, vaches, moutons, défilaient bergers ou bergères en tête; les chevaux trottaient montés par les charretiers, et chacun de s'approcher, d'examiner de la tête aux pieds, de faire tourner les bêtes, de les tâter, de les critiquer, supputant l'âge, les qualités, les vices rédhibitoires.

La ferme ne formait qu'un seul lot, qui fut adjugé à bas prix. Je surpris des larmes dans les yeux d'un homme pâle, mais d'une tête ferme. Les bergères s'essuyaient les paupières du coin de leur tablier.

Quand on en vint au mobilier et au linge, ce fut une irruption de femmes qui se disputaient la moindre guenille avec plus d'acharnement que les hommes n'en avaient mis à se partager les lopins de terre et le matériel.

Quand tout fut terminé, les créanciers entrèrent dans une salle basse, et conférèrent avec les hommes de loi. En attendant mon vieil introducteur, je promenais un regard triste sur cette scène de dévastation. L'orage ni la grêle ne touchent pas au fond de la terre, l'incendie est quelquefois réparé par les assurances, et il ne s'attaque le plus souvent qu'à une portion du bâtiment ou de la récolte : la déconfiture ne laisse que le chef de la famille, les siens, un peu de paille et un bois de lit : c'est navrant.

Quand le vieux sortit de la conférence, il augmenta mon serrement de cœur en me disant d'un air aisé et sans façon : « C'était un brave homme; nous serons tous payés.

— Et vous avez poursuivi impitoyablement un homme que vous ruinez, et qui, sans vous faire de tort, pouvait continuer à travailler, à vivre, lui et sa famille, dans une honnête aisance?

— Que voulez-vous? chacun le sien, fit mon interlocuteur, et l'on ne sait jamais qui perd ni qui gagne. Ce n'est pas le premier, ce ne sera pas le dernier non plus. D'ailleurs, ça menait trop grand train; la femme avait une robe de soie, la fille une montre de Paris et des souliers de ville. Ça n'avait pas l'air de

vous regarder quand on passait à côté d'eux. Voilà...»

Je fus admis au dîner des créanciers et des hommes d'affaires ; les plats étaient forgés, le vin abondant, la joie grosse et bruyante. Ces sortes de cérémonies sont des prétextes à dîner, et les plus ladres se rattrapent ces jours-là du jeûne forcé qu'ils s'imposent le reste du temps.

Mon vieillard y était traité comme ancien et surtout comme richard, avec les plus grands honneurs. On faisait silence dès qu'il ouvrait la bouche, assuré qu'il ne s'en échapperait jamais une phrase contraire à l'intérêt du gros propriétaire. Il mêlait pourtant à sa conversation quelques sarcasmes contre les seigneurs, et se plaignait de ne pas avoir le droit de chasser sur ses propres terres, dévorées, disait-il, par le gibier qui s'échappe des chasses des gros messieurs.

— Ils devraient bien garder leur gibier, disait-il, et, ne leur en déplaise, je fais alliance avec le braconnier.

Un sourire malicieux erra sur toutes les lèvres.

— En voilà un bon! s'écriaient-ils. Celui-là, vous pouvez lui commander lièvre, perdreau, bécasse, râle de genêts, tout ce qu'il vous plaira : servi à la minute. Il a un chien bien élevé; quand il regarde d'un côté, le chien regarde de l'autre, ce qui fait qu'ils ne sont jamais pris.

Les propos s'alourdirent; la nuit tomba, et nous regagnâmes le logis en parlant chacun de notre côté, sans nous comprendre.

— Eh bien! vous avez vu de bons vivants?

— Oui.

— Vous êtes-vous bien amusé pour ce que ça vous a coûté?

Allons, il me reproche son dîner.

— Vous savez bien que ce n'était pas vous qui payiez non plus, et j'ai regret à ces morceaux qui coûtent peut-être tant de larmes.

Il fit claquer son fouet, et n'entendit pas, du moins de l'âme.

Au retour, sa femme lui cria du fond de sa chambre :

— Eh bien! y a-t-il gras?

— C'est bon, c'est bon, nous ne perdrons pas tout. Le vieux faisait encore ses réserves.

La vie de cet ancien était très-réglée et fort monotone, mais il n'avait pas l'air de s'ennuyer plus que le balancier de son horloge, qui depuis soixante et dix ans découpait en fraction de minute cette existence engrenée à la mode d'autrefois. Levé aux premières teintes du crépuscule, il tirait deux seaux d'eau pour abreuver ses chevaux, et avait soin de se frotter les yeux avec le bout filandreux de la corde à puits, croyant, d'après une vieille tradition, que cette fraîche ablution matinale était un spécifique souverain pour conserver la vue. C'était le seul soin hygiénique dont il usât, ne s'étant pas lavé entièrement, avouait-il, depuis un jour qu'il s'était laissé choir à la rivière, en cherchant des écrevisses sous une berge.

Après avoir mangé la soupe, il allait à la charrue et revenait goûter à onze heures. Reparti à midi, on ne le revoyait plus qu'à la brune, sauf l'hiver, où il passait le temps à se morfondre devant l'âtre, grignotant continuellement un morceau de pain et de fromage qu'il faisait glisser avec la piquette que nous avons décrite. Les occupations variaient avec les saisons, et ses deux seuls jours de peine, c'étaient la moisson et les vendanges, parce qu'il fallait nourrir et payer son monde.

Nous avons déjà fait remarquer plus haut qu'il excellait dans l'art d'embaucher la jeunesse et de réduire les salaires; tout cela par routine et par peur de manquer. Tous les dix, douze ans, il donnait un grand repas à ses enfants du premier lit. La femme du second, après s'être fait tirer l'oreille et avoir lésiné et criaillé, s'exécutait de bonne grâce. On décrochait les grands plats de toute couleur; et, ce jour-là, il se consommait des mystères de cuisine qui auraient fait mourir M. Carême, le cuisinier du roi d'Angleterre, Georges IV, s'il avait surpris la vieille sorcière mêlant dans une sauce à la crème et à la farine, avec force épices poudreuses, lapins, vieilles poules et blanquettes de veau. La vieille prévoyait qu'elle aurait un jour des comptes à régler avec cette famille, et, par intérêt, elle les recevait bien.

Tout le monde sait que, dans la campagne encroûtée, on va plutôt chercher le médecin pour le bœuf, la vache et l'âne, que pour l'homme. J'en ai vu la preuve flagrante : c'est de l'anti-morale en action.

Notre paysan, à force de persévérer dans cette malpropre à fin du corps que nous poursuivons à outrance, et qui est au physique le pendant de l'avarice et de la ladrerie morale, le bonhomme sentit un jour ses orteils attaqués, que dis-je, rongés! Une vermine imperceptible, de celle que le seul microscope Raspail a classée, conséquence obligée d'une incurie systématique, lui fit sentir des douleurs qu'il confondit avec la goutte! Le principe n'était pas le même : ce sont vins fins, liqueurs exquises, grande chère et bombance qui engendrent les goutteux; les ladres ont la vermine. Il y avait suppuration infecte à l'endroit que nous avons désigné.

Croiriez-vous qu'un ange de dévouement, de beauté et de patience, à qui le vieux s'était plaint avec cette bonhomie qui dérivait chez lui de l'instinct de conservation; qu'une personne aussi charmante que les fleurs écrasées tous les jours par sa charrue ou sous les pieds de ses vaches, prit le pied, comme Jésus fit à ses apôtres, le fit baigner dans l'eau tiède et, lavé, le pansa plusieurs fois par jour sans que l'animal en eût un sentiment de reconnaissance?

La mort fut son prix.

Et cette mort qui le paya punit aussi la vieille, qui se vit enlever un à un par les enfants du premier lit tous les morceaux qu'elle croyait avaler.

Ne la plaignons pas trop; elle avait fait ses réserves, et, grâce au maître d'école du village qu'elle avait constitué son avocat, elle avait su tirer son épingle du jeu, sans parler des jattes de terre enlevées la nuit, qui ne contenaient pas de l'eau fraîche ni de la crème.

Trois ans après, je repassai dans ce lieu qui m'avait fourni ample sujet d'observations, et j'eus la curiosité d'entrer dans mon ancien réduit.

Les abords en étaient propres; une rigole entraî-

nait les eaux à la mare; une chaussée offrait un asile aux piétons contre la boue, et un lit de pierres taillées menu formait au milieu du chemin une couche solide aux bêtes et aux voitures. La porte cochère de la ferme était neuve et d'un beau bois de chêne, avec des traverses en fer et des clous à tête ronde luisants.

On n'avait conservé des anciens corps de ferme que les grands bâtiments suffisamment vastes et aérés pour loger les fourrages, le blé et la paille. Les écuries, dallées à neuf, laissaient égoutter le fumier par un conduit en pierre. La litière des animaux était fraîche. L'ordre, l'abondance, la propreté et une sage économie s'y faisaient remarquer dans les moindres détails, aux ustensiles en bon état, aux outils luisants, à la circulation d'un air frais, à la netteté des vitres, au jaillissement des eaux.

La maison d'habitation, reconstruite sur un modèle moderne simple et élégant, rappelait cette nouvelle architecture qui a trouvé son principe et son application dans nos gares de chemin de fer, et qui est destinée à régénérer en France et dans le monde entier l'habitation de l'homme. L'emploi bien réparti des cintres, colonnettes et appuis de fer; du bois comme étai, de la brique ou de la terre comme fondation et bâtisse; de la brique plate, du zinc et de l'ardoise pour la toiture, donnera à nos cultivateurs civilisés des demeures qui rivaliseront en comfortable avec les plus belles villas des gens riches, et qui les surpasseront par la simplicité et l'économie de l'agencement.

A l'intérieur, quel calme, quelle fraîcheur, quelle gaîté provenant du jeu libre de la lumière sur des objets harmonieux de lignes et de contours! Les tables en bois lavé; l'étagère chargée de vaisselle bien choisie; les meubles, armoire, garde-manger, d'une construction solide et ornée, qui attestait le travail d'un ouvrier habile. Et les hôtes! avenants : une belle paysanne entourée d'enfants comme un pommier chargé de fruits, ou une vigne ornée de pampres. Des garçons plus grands, vêtus de toile, coiffés de paille, chaussés de cuir solide, mais propre; — des filles assises à la couture dans les intervalles que leur laissaient les occupations du dehors, et où ne fumait devant un fourneau que la vapeur; — une ragoûtante paysanne, les coudes nus, faisant la cuisine avec une propreté appétissante; — le chef de l'âtre, grand, tanné par le travail, l'œil vif, le cheveu frisé à l'air, et d'un blond roux, la voix fortement timbrée, mais douce, faisant les honneurs de chez soi, s'enquérant des nouveaux procédés, menant visiter la machine à battre, causant des assolements et du profit que l'on a à distiller la betterave; offrant ensuite, de grand cœur, un vin un peu fort de l'année précédente, réchappé à la mauvaise année, grâce à sa prévoyance :

Tout cela effaçait de mon esprit les impressions pénibles qu'y avait laissées son prédécesseur.

Je me récriai sur ce changement, et ne pus m'empêcher de lui dire :

— On voit qu'une main habile et intelligente a passé par là.

— Que voulez-vous? reprit le bon fermier qui conservait avec vénération la mémoire de son père. Le père était un fort brave homme, un ancien; il avait eu ses misères, il a créé et conservé le fonds; moi,

Je n'ai plus qu'à le faire produire et à l'embellir. J'ai profité de ses réserves. Croiriez-vous qu'avec l'habitude où il était de se restreindre sur tout, il ne retirait pas mille écus d'un fonds dont je fais dix ou douze mille francs aujourd'hui, grâce aux conseils d'un excellent métayer que je me suis adjoint, et qui avait en des rapports désagréables avec l'ancien?

Je vis entrer un personnage dont la figure, animée et contente, contrastait heureusement avec celle que j'avais déplorée pitoyablement le jour de l'adjudication dont j'ai tracé une légère esquisse. C'était le fermier exproprié qui avait trouvé, dans le fils de l'avare, une réparation à son infortune. La soirée se passa fort gaîment; il y eut un repas simple, mais où les verres et les saillies s'entre-choquèrent souvent. On m'offrait, avec une diminution de prix, de reprendre une petite chambre dans la ferme.

— Nous sommes assez grandement, disait-il pour vous loger, pour vous nourrir à peu de frais; vous vivrez plus aisément qu'à la ville, et de temps en temps à la veillée, vous nous lirez ce qu'il y a dans les livres, ou vous nous chanterez quelque bon refrain rustique.

— Hélas! mes chers amis, leur répondis-je, Jean Guestré est un pauvre chrétien errant qui doit promener sa vue et sa bonne et sa mauvaise humeur un peu partout; un seul pays ne suffirait pas à l'instruire. Tout ce qu'il promet, c'est de ne jamais passer devant la ferme rajeunie, sans venir s'y convaincre par ses yeux que, loin de dégénérer, nous nous améliorons. En attendant, trinquons à notre prochaine revue; et j'espère avoir quelques bonnes nouvelles à vous raconter à mon prochain voyage.

La ménagère voulut se déranger avec ses petits enfants pour accompagner l'hôte; mais un geste la retint en place.

Le fermier ne me quitta qu'au bord de la mare, non plus fétide comme autrefois, mais récurée et rafraîchie par un ruisseau limpide qu'on a détourné de la montagne. J'espère que cet amour de la propreté ne tardera pas à se répandre, et que pas un village de France ne pourra bientôt plus encourir à ce sujet le plus petit reproche.

PIERRE DUPONT

RAPPORT

MIRE ISO N° 1
NF Z 43-007
AFNOR
Cedex 7 - 92080 PARIS-LA-DÉFENSE

graphicom

1   10

www.ingramcontent.com/pod-product-compliance
Lightning Source LLC
Chambersburg PA
CBHW060441260626
47161CB00005B/2029